Andersen's Fairy Tales

Andersen's Fairy Tales

# 안데르센 동화

**Hans Christian Andersen** 원작 | 천선란 추천

1판 1쇄 인쇄 2022년 3월 11일 | 1판 1쇄 발행 2022년 3월 25일

엮은이 이상배 | 그린이 문지현
펴낸이 정중모 | 펴낸곳 팽세미니 | 등록 1988년 1월 21일(제406-2000-000202호)
편집장 서경진 | 편집 정혜연 | 디자인 권순영 | 마케팅 김선규
온라인사업팀 서명희 | 제작 윤준수 | 관리 이원희, 고은정, 원보람
주소 경기도 파주시 회동길 152
전화 031-955-0700 | 팩스 031-955-0661 | 홈페이지 www.yolimwon.com
전자우편 bbchild@yolimwon.com
ISBN 978-89-6155-969-0 04800, 978-89-6155-907-2(세트)

Andersen's Fairy Tales

# 안데르센 동화

한스 크리스티안 안데르센 원작 | 천선란 추천

팡세
미니

기억 속 이야기는

내 몸에 쌓인 삶의 경험으로

인물의 얼굴을 다르게 비춘다.

글은 언제나

시대에 맞게 변하는 것이므로.

**차례**

## 안데르센이 영원히 의심받는 이유

'인어 공주', '벌거벗은 임금님', '엄지 공주' 같은 동화들은 어린 시절을 꽉 채운 이야기였다. 익숙한 동화는 종종 어디에서 보았는지, 누가 썼는지 모르는 경우가 있다. 자양분처럼 당연하게 흡수했던 그 이야기들의 출처가 모두 한 작가의 손끝이라는 사실을 뒤늦게 깨달으며 이야기들이 가지고 있던 세상을 바라보던 공통된 시각이 이해됐다. 동화는 해피엔딩이어야만 한다는 얕은 편견을 깨며, 안데르센의 동화는 때때로 잔혹한 현실과 죄의 응징을 보여준다. 그리고 사랑을 위한 희생도

마다하지 않는다. 안데르센의 동화는 다양한 삶을 응집시킨 하나의 세계이다. 그 세계에는 제각기 다른 사람들이 각자 다른 이유로 정체성을 깨달아가고, 누군가를 그리워하고, 한 번의 실수로 모든 것을 놓치며 뒤엉켜 산다. 어쩌면 작가 한스 안데르센은 세상을 아름다움으로 포장할 생각이 없었던 것일지도 모른다. 세상의 인과와 그에 따른 보상과 벌이 있다는 것을 보여주기 위해 가장 효과적인 방법으로 우화적 이야기를 만들었던 것은 아닐까. '성냥팔이 소녀'의 이야기 역시 마냥 슬픈 이야기로만 남게 하지 않고 소녀가 촛불로 추위를 나야만 했던 이유를 생각하게 하려 했던 것이 안데르센의 의도가 아니었을까 하는 의심도 해본다. 언제, 어디서 보았는지도 모르게 기억 속에 남은 이야기는 어느새 내 몸에 쌓인 삶과 경험으로 인물의 얼굴을 다르게 한다. 월트 디즈니가 자신들의 이야기를 다시 각색하는 것처럼 우리도 우리 안에 있는 오래된 이야기들을 현재의 눈으로 다시 바라볼 필요가 있다. 설령 작가가 정말 의도한 것이 아닐지라도, 언제나 글은 시대에 맞게 변하는 것이므로.

소설가 천선란

Thumbelina

엄지 공주

# 엄지 공주

옛날에 아이를 갖고 싶어 하는 부인이 있었습니다. 그것도 아주 작은 아이를 갖는 것이 소원이었습니다.

부인은 소원을 이루기 위해서 요정을 찾아갔습니다.

"요정님, 작은 아이를 갖고 싶습니다. 어떻게 하

면 아이를 얻을 수 있을까요?”

“호호, 그렇게 어려운 것이 아닙니다.”

“어렵지 않다고요?”

“자, 이것을 받으세요.”

요정은 보리 낟알 하나를 부인에게 주었습니다.

“이것은 밭에서 자라는 보리와는 다릅니다. 이것을 화분에 심고 기다려 보세요.”

“요정님, 고맙습니다.”

부인은 낟알 값을 아주 후하게 주었습니다. 그러고는 급한 마음에 집으로 달려와 보리 낟알을 화분에 심었습니다.

“화분에서 무슨 일이 일어날까?”

부인은 궁금한 마음을 견딜 수 없어 화분에 붙어 살다시피 했습니다.

그러던 어느 날, 낟알 싹이 나더니 금방 커다란

꽃 한 송이가 피었습니다.

"참 예쁘기도 하지. 튤립을 닮았네."

붉고 노란 꽃잎은 봉오리처럼 오므라져 있었습니다.

부인은 꽃잎에 입을 맞추었습니다. 그러자 꽃잎이 하나둘 펴지더니 봉오리가 열렸습니다.

"아, 튤립이 맞구나."

꽃을 가까이 들여다보던 부인은 깜짝 놀랐습니다. 꽃 수술 위에 아주 가냘프고 작은 소녀가 앉아 있었습니다.

깜찍하게 예쁜 소녀는 키가 엄지손가락 반만큼도 되지 않았습니다.

"오, 요정님이 나의 소원을 들어주셨구나."

부인은 좋아서 어쩔 줄을 몰랐습니다.

"네 이름을 지어 줄게. 엄지. 엄지 아가씨라고

불러 줄게."

엄지 아가씨는
부인과 함께 살게
되었습니다.

"우리 엄지 재미있게 놀게
해 줄게."

부인은 넓은 그릇에
물을 가득 담고,
가장자리에 빙 둘러
예쁜 꽃을 장식했습
니다. 그리고 물 위에

튤립 꽃잎 하나를 띄웠습니다. 꽃잎은 엄지가 타고 노는 배였습니다. 엄지는 꽃잎 배를 타고 물놀이를 하며 노래를 불렀습니다. 부드럽고 고운 노랫소리를 듣고 있으면 마음이 평화로워졌습니다.

그러던 어느 날 밤이었습니다. 아주 크고 못생긴 두꺼비가 깨진 창문 틈으로 기어 들어왔습니다. 엄지는 호두 껍질 침대에서 장미 꽃잎을 덮고 잠들어 있었습니다.

두꺼비는 식탁 위로 펄쩍 뛰어 올라갔습니다.

"후후, 작고 예쁜 아가씨네. 우리 아들 색시로 삼으면 좋겠는데."

두꺼비는 살그머니 호두 껍질을 물고 밖으로 빠져나갔습니다.

두꺼비는 정원에 있는 냇가에서 아들과 함께 살고 있었습니다.

"아들아, 나와 봐라."

엄마 두꺼비보다 더 못생긴 아들이 엉금엉금 기어 나와 엄마가 데려온 엄지를 보았습니다.

"꺼억, 꺼억, 예쁘다."

"쉿, 조용. 잠이 깨면 도망갈지도 몰라."

엄마 두꺼비는 엄지를 냇가에 떠 있는 커다란 연꽃잎에 옮겨 놓았습니다.

"호호, 이 꽃잎이 너에게는 섬처럼 커 보이겠지. 도망칠 생각은 아예 하지 못할 거야."

엄마 두꺼비는 바빠졌습니다. 개울가 늪 한구석에 아들의 신방을 꾸밀 것입니다.

다음 날 아침, 잠이 깬 엄지는 주위가 낯설었습니다.

"여기가 어디지?"

가만히 살펴보니 물 위에 떠 있었습니다.

"내가 왜 여기에 와 있지? 아, 무서워. 땅으로 헤엄쳐 갈 수도 없어."

엄지는 엉엉 울기 시작했습니다.

그때 엄마 두꺼비는 늪에서 신방을 꾸미고 있었습니다.

"방을 예쁘게 꾸며 주어야지."

예쁜 야생화를 뜯어다가 장식했습니다.

신방을 다 만든 엄마 두꺼비는 아들을 데리고 엄지에게로 갔습니다.

"잘 잤느냐. 얘가 내 아들이란다. 너의 남편이 될 거야. 내가 냇가 늪에 신방을 예쁘게 꾸며 놓았단다. 거기서 알콩달콩 행복하게 살아야 한다.”

“꺼억, 꺼억.”

아들 두꺼비는 좋아서 소리를 질렀습니다.

“자, 호두 침대를 신방으로 가져가야겠다.”

엄지는 연꽃잎 위에 혼자 남게 되었습니다.

“안 돼. 무서워.”

흉측하게 생긴 두꺼비의 아내가 되어 살 생각을 하니 무섭고 슬펐습니다. 엄지는 목이 쉬도록 울었습니다.

그때 마침 물속을 헤엄쳐 다니던 작은 물고기들이 엄지의 사정을 알게 되었습니다.

“두꺼비 엄마와 아들 얘기 들었지?”

“못생긴 두꺼비들이 욕심도 크지.”

“안 되겠어. 불쌍한 저 아가씨를 우리가 구해 주자고.”

물고기들은 엄지가 앉아 있는 연꽃 줄기를 물어 뜯었습니다.

"조금만 더."

마침내 줄기가 뜯어져 연꽃은 물 위를 떠다녔습니다.

"물에 띄워 멀리 보내자고."

엄지를 실은 연꽃잎이 물결에 빙글빙글 돌더니 아래로 떠내려가기 시작했습니다.

연꽃잎은 물결을 타고 흘러갔습니다. 엄지는 어느 곳에 닿을지 몰라 두렵기는 했지만, 무섭고 흉측한 두꺼비에게서 벗어난 것이 너무 기뻤습니다.

파란 하늘을 올려다보았습니다.

팔랑팔랑, 어디서 나타났는지 아주 작은 하얀 나비가 따라왔습니다.

"아이, 예뻐."

나비는 연꽃잎에 사뿐히 내려앉았습니다.

"나비야, 안녕?"

"아가씨가 좋아요. 아름다워요."

나비가 말했습니다.

엄지는 허리띠를 풀어서 한쪽 끝을 나비에 묶고, 다른 한쪽 끝은 꽃잎에 묶었습니다. 나비가 날갯짓을 하자 그 힘으로 연꽃이 더 빠르게 흘러갔습니다.

"너무 아름다워!"

엄지는 스쳐 지나가는 풍경을 보고 감탄하였습니다.

그때 붕붕 소리를 내며 큰 풍뎅이 한 마리가 날아왔습니다.

"작고 예쁜 아가씨네."

풍뎅이는 거친 날개 힘으로 엄지를 채어 나무 위로 날아갔습니다.

"앗, 안 돼."

엄지와 나비가 동시에 소리쳤습니다.

연꽃잎은 물결을 따라 계속 흘러갔습니다. 나비는 몸이 연꽃잎에 묶여 있어 날아가지 못했습니다.

"나비를 어쩌지."

엄지는 나비를 묶은 것을 후회하였습니다.

"나비야, 미안해."

풍뎅이는 그런 엄지의 마음은 아랑곳없이 빙빙 돌며 날더니 나무 꼭대기에 달린 큰 이파리 위에 엄지를 내려놓았습니다.

"아주 예쁘고 귀엽구나."

풍뎅이는 꽃에서 딴 꿀을 주었습니다.

조금 있자 붕붕, 여기저기에서 요란한 소리가 나더니 풍뎅이들이 몰려왔습니다. 엄지를 구경하러 온 것입니다.

"예쁜데 다리가 두 개밖에 없네."

"더듬이도 없는걸."

"사람처럼 생겼는데. 예쁜, 아주 작은 사람이야."

"어머, 예쁘기는 뭐가 예뻐. 못생겼는데."

여자 풍뎅이들이 못생겼다고 놀리듯이 말했습니다.

엄지를 데려온 풍뎅이는 엄지가 예쁘고 귀엽다고 했습니다. 그러나 다른 풍뎅이들은 자꾸 작고 못생긴 애를 왜 데려왔느냐고 핀잔을 주었습니다. 그러자 그 풍뎅이도 엄지가 못생겼다고 믿게 되었습니다.

"아무래도 안 되겠군."

큰 풍뎅이는 엄지를 데이지꽃 위에 올려놓고 말했습니다.

"내가 너를 괜히 데려왔나 보다. 그러니 네가 가고 싶은 데로 가거라."

풍뎅이는 그 말을 남기고 붕 어디론가 날아가 버렸습니다.

엄지는 슬펐습니다. 풍뎅이들조차 자신을 못생겼다고 놀리고 가 버리다니.

하지만 사실은 그렇지 않습니다. 엄지는 정말 예쁘고 아름다웠습니다.

엄지는 혼자가 되었습니다. 여름 내내 숲에서 친구도 하나 없이 쓸쓸하게 지냈습니다.

아침이면 나뭇잎에 맺힌 이슬을 마셨습니다. 풀잎을 엮어 침대를 만들고, 비가 내리면 커다란 나뭇잎 아래에서 비를 피했습니다. 숲에서 노래하는 새들의 노래를 들으며 혼자 지내는 것이 익숙해졌습니다.

덥고 긴 여름이 지나갔습니다. 그때까지 엄지는 혼자였습니다. 이제 겨울이 시작되었습니다. 꽃은 지고, 나뭇잎들도 시들어 떨어졌습니다. 노래하던 새들도 자취를 감췄습니다.

엄지가 집으로 삼고 지내던 나뭇잎도 오그라들었습니다.

찬 바람이 불어왔습니다. 그동안 입고 지낸 옷은 닳고 해졌습니다. 너무 추웠습니다.

엄지는 추위를 이길 자신이 없었습니다. 얼어 죽을 것만 같았습니다.

하얀 눈이 내렸습니다. 사람들은 눈이 내리면 좋아하지만 엄지는 아니었습니다. 큰 눈덩이를 피하느라 죽을힘을 다하였습니다.

엄지는 말라 버린 나뭇잎으로 온몸을 감싸 보았습니다. 하지만 곧 바스락 부서져 버렸습니다.

"어떡하지. 어디로 가야 하나."

온몸을 떨며 울었습니다.

"이대로 죽을 수는 없어."

엄지는 옥수수밭으로 가 보기로 했습니다. 옥수수밭은 멀었습니다. 숲을 헤치고 걸었습니다. 거기 가면 추위를 피할 곳이 있을 것이라고 생각했습니다.

마침내 옥수수밭에 다다랐습니다. 옥수수를 베어 낸 자리에 그루터기가 있었습니다.

엄지는 그루터기에서 구멍을 찾아 헤맸습니다.

어딘가에 들쥐들이 사는 곳이 있을 것입니다.

차디찬 바람을 맞으며 이곳저곳을 헤매던 엄지는 마침내 한 그루터기에서 들쥐가 사는 집을 찾아냈습니다.

"저 좀 살려 주세요. 춥고 배고파서 죽을 것 같아요."

"아이고, 딱하기도 하지. 어서 들어오너라."

들쥐 아줌마는 엄지를 친절하게 맞아 주었습니다. 따뜻한 방에서 몸을 녹이게 하고 먹을 것을 주었습니다.

들쥐 아줌마는 부자였습니다. 집 안에는 식량이 잔뜩 쌓여 있었습니다.

들쥐 아줌마는 엄지가 마음에 들었습니다. 예쁘고 착해 보였기 때문입니다.

"마땅히 갈 곳이 없으면 나하고 지내도 된다."

"네, 정말이요?"

"한 가지 네가 해야 할 일이 있어. 난 지저분한 것은 못 본단다. 항상 집 안을 깨끗이 청소하고, 나에게 재미난 얘기를 들려주면 돼. 난 얘기 듣는 것을 좋아하거든."

엄지는 들쥐 아줌마네 집에서 지내게 되었습니다. 매일같이 청소하고 이야기를 들려주는 것은 어려운 일이 아니었습니다.

엄지는 이제 춥거나 배고프지 않았습니다.

그러던 어느 날이었습니다.

"엄지야. 오늘은 손님이 오는 날이다. 일주일에 한 번씩 오는 손님인데 나보다 부자이고 멋쟁이지. 한 가지 흠이라면 눈이 어두운 것인데, 그거야 그가 사는 곳이 땅속이니 문제가 없지. 네가 그런 부자와 결혼하면 평생 편안하게 살 텐데. 오늘 그

에게 아주 재미있는 이야기를 들려주거라. 그도
이야기를 좋아하니까."

들쥐 아줌마가 말하는 손님은 두더지였습니다.
하지만 두더지가 아무리 부자이고 아는 것이 많
다고 해도 엄지는 관심이 없었습니다. 땅속에 사
는 것은 싫기 때문입니다.

드디어 기다리던 손님이 찾아왔습니다. 검은 옷
을 차려입은 그는 멋쟁이처럼 보였습니다. 말하
는 품도 격식이 있었습니다. 하지만 햇빛과 꽃에
는 관심이 없었습니다. 그런 것은 본 적도 없고,
본다고 해도 좋아하지 않을 것 같았습니다.

들쥐 아줌마는 두더지를 반갑게 맞이했습니다.
맛있는 음식을 내오고, 일주일 동안 생긴 일들을
재미있게 들려주었습니다. 엄지는 들쥐 아줌마를
위해서 노래를 불러 주었습니다. 고운 목소리로

아름다운 노래를 부르자 두더지와 들쥐 아줌마는 손뼉을 치며 좋아했습니다.

두더지는 한눈에 엄지에게 반했습니다. 하지만 그런 표시를 내지 않았습니다. 두더지는 품위가 있었으며 서두르지 않았습니다.

두더지는 들쥐 아줌마와 엄지를 자기 굴로 초대했습니다. 얼마 전에 들쥐 아줌마와 자기 집까지 굴을 파 연결을 해 놓은 것입니다. 들쥐는 가 보면 알겠지만 아주 길고 멋진 터널이 생겼다고 자랑했습니다.

들쥐 아줌마와 엄지는 두더지를 따라 나섰습니다.

"굴속에 죽은 새가 있는데 놀라지들 마. 깃털이 멋진 그 새가 죽은 지는 얼마 안 되지. 참 안되었어."

두더지는 어두운 길을 잘 짚어 나갔습니다. 들쥐 아줌마는 아무렇지도 않은 듯했지만 엄지는 어두운 땅속이 무서웠습니다.

앞으로 나아가던 두더지가 멈추었습니다. 두더지가 코가 전부인 듯한 얼굴로 흙 천장을 밀어 올리자 구멍이 뚫리고 햇빛이 쏟아져 들어왔습니다.

"여기에 죽은 새가 있지."

두더지가 굴 한쪽에 누워 있는 새를 가리켰습니다.

"어머, 불쌍해라."

엄지는 자기도 모르게 비명을 질렀습니다.

그 새는 제비였습니다.

'여름에 하늘을 날며 아름다운 소리로 지저귀었을 텐데, 어쩌다가 여기에 누워 있을까?'

엄지는 제비가 불쌍해서 금방 눈가에 눈물이 맺혔습니다.

"노래를 잘 불렀을 텐데, 이제 더 이상 울지 못하지. 새들은 어리석어. 겨울이 오면 먹을 게 없어서 굶어 죽지. 우리 두더지들은 이렇게 되지는 않을 테니 천만다행이지."

두더지가 냉정한 목소리로 말하며 제비를 한쪽으로 밀어냈습니다.

"맞는 말씀입니다. 노래만 잘 부르면 무엇합니까. 겨울이 오면 굶어 죽고 얼어 죽으니 불쌍한 삶이지요."

들쥐 아줌마가 맞장구를 쳤습니다.

두더지와 들쥐 아줌마가 제비에게서 돌아서자 엄지는 얼른 제비의 얼굴을 덮은 깃털을 헤치고 제비의 두 눈에 입을 맞추었습니다.

'네가 지난여름 나에게 아름다운 노래를 들려준 제비일지도 몰라. 고마워.'

두더지는 뚫었던 햇빛 구멍을 틀어막았습니다.

"자, 내가 다시 바래다줄 테니 따라들 오너라."

엄지는 돌아서면서 제비를 보았습니다. 컴컴한 어둠 속에 묻힌 제비가 더욱 불쌍했습니다.

그날 밤, 엄지는 두더지 굴에서 본 제비가 생각

나 잠을 이루지 못했습니다.

'내가 할 일이 있을 거야.'

엄지는 부드러운 마른 풀을 엮어서 커다란 천을 만들었습니다. 살금살금 두더지 굴로 가서 천으로 제비를 감싸고 덮어 주었습니다.

"제비야, 이제 따뜻할 거야. 다시는 하늘을 날며 노래 부를 수 없겠지만, 나는 그동안 네가 불러 준 아름다운 노래를 잊지 못할 거야."

엄지 눈에 눈물방울이 맺혔습니다. 엄지는 제비의 가슴에 얼굴을 묻었습니다.

그 순간, 엄지는 깜짝 놀랐습니다.

"심장이 뛰고 있어!"

엄지는 다시 제비의 가슴에 얼굴을 댔습니다. 분명히 살아 있었습니다.

"제비야, 살아 있구나."

제비는 죽은 게 아니었습니다. 그동안 갑작스러운 추위에 얼고, 배가 고파서 땅에 떨어져 정신을 잃고 쓰러져 있었던 것입니다. 겨울이 오기 전에 미처 남쪽 나라로 가지 못하고 겨울을 맞이했기 때문입니다.

엄지는 온몸이 떨렸습니다. 제비가 살아 있다는 기쁨이 온몸을 들뜨게 했습니다.

하지만 엄지에게 제비는 거대한 산과 같았습니다. 자기 몸으로는 제비의 몸을 따뜻하게 해 줄 수 없었습니다.

"제비를 살려야 해."

엄지는 마른 나뭇잎을 가져다가 제비를 덮어 주었습니다.

다음 날, 엄지는 일찍 일어나 들쥐 아줌마에게 들키지 않게 제비에게 가 보았습니다. 제비는 가는 숨을 쉬고 있었지만 움직이지는 못했습니다.

엄지가 눈을 따뜻하게 해 주자 제비는 힘겹게 두 눈을 뜨고 엄지를 바라보았습니다.

"고마워, 꼬마 아가씨."

"어서 기운 차리세요."

엄지는 꽃잎에 물을 담아서 제비 목을 축여 주었습니다. 다디단 물을 마시고 난 제비는 조금 기운을 차렸습니다.

"기운을 차리면 내일이라도 남쪽으로 날아갈 거야."

제비는 당장이라도 날개를 펴고 날 것처럼 말했습니다.

"그건 안 돼요. 지금은 추운 겨울이에요. 눈이 세상을 덮어 꽁꽁 얼었어요. 여기서 겨울을 지내며 힘을 키워야 해요. 제가 돌봐 드릴게요."

"고마워. 네가 정성껏 보살펴 준 은혜를 잊지 않을게."

제비는 자기가 왜 남쪽 나라에 가지 못하게 되었는지 그동안의 사연을 들려주었습니다.

"다른 친구들과 남쪽 나라로 날아갈 준비를 하다가 그만 가시덤불에 날개가 찢겼어. 그래서 혼자 뒤처지게 되었고, 나중에는 힘이 없어 땅에 떨어지고 말았지. 이 땅속에는 어떻게 오게 되었는지 기억이 안 나."

"제비님, 걱정 마세요. 이제 걱정 마세요. 제가 보살펴 드릴게요."

엄지는 매일같이 제비를 정성껏 보살펴 주었습니다. 두더지와 들쥐 아줌마는 이런 일을 까맣게 몰랐습니다.

긴 겨울이 지나고 따뜻한 봄이 왔습니다. 꽃이

피고 새가 울고 햇빛이 눈부시게 빛났습니다.

겨우내 엄지의 보살핌을 받은 제비는 건강해졌습니다.

엄지와 제비는 이제 헤어질 시간이 다가온 것을 알았습니다.

"엄지 아가씨, 나와 함께 이곳에서 나가자. 내가 평화로운 숲으로 데려다줄게."

"아니에요. 제가 말도 없이 떠나면 들쥐 아줌마가 무척 서운해할 거예요. 아줌마의 은혜를 저버릴 수는 없어요."

제비는 엄지와 함께 가고 싶었지만 어쩔 수가 없었습니다.

"엄지 아가씨, 네 착하고 고운 마음 잊지 않을게. 잘 있어."

제비는 마침내 굴 천장을 뚫고 땅 위로 올라갔

습니다.

지지배배 지지배배. 제비는 아름다운 노래를 지저귀며 하늘 높이 날아갔습니다.

"제비님, 부디 무사하셔요."

엄지의 두 눈에 맺힌 눈물이 줄줄 흘러내렸습니다.

'언제 다시 만날 수 있을까.'

그동안 엄지는 제비를 보살펴 주면서 제비를 아주 좋아하게 되었던 것입니다.

산과 들은 온통 초록빛이 넘실거렸습니다. 엄지는 들에 나가 마음껏 뛰놀고 싶었습니다. 새소리만 들리면 떠나간 제비가 더욱 그리웠습니다. 하지만 들쥐 아줌마는 엄지가 밖에 나가는 것을 허락하지 않았습니다.

어느 날, 들쥐 아줌마가 엄지를 불러 앉혔습니다.

"엄지야, 네게 좋은 일이 생겼다. 두더지 선생이 너에게 청혼을 했단다. 집도 없이 떠도는 너에게 이런 행운이 또 어디 있겠니. 부자인 두더지의 아내가 되면 세상에 부러울 것 없이 행복하게 살 거야. 어때, 기쁘지?"

엄지는 아무 말도 하지 않았습니다.

"결혼식을 서둘러야 한다. 이제부터 준비를 하자."

그날부터 들쥐 아줌마는 바빠졌습니다. 거미 일꾼 네 마리를 불러 밤낮없이 물레를 돌려 실을 잣고 천을 짰습니다.

두더지는 뜨거운 햇볕이 식은 저녁이 되면 찾아왔습니다.

"이런 여름은 질색이야. 여름이 지나고 땅이 식으면 결혼식을 올리자. 조금만 참도록 해요."

두더지가 엄지를 위로하듯이 말했습니다.

엄지는 아무 대답도 하지 않았습니다.

"저는 결혼하기 싫어요. 두더지님을 좋아하지도 않아요." 라고 말하고 싶은 것을 참고 있었습니다.

엄지는 해가 떠오르는 아침과 해가 지는 저녁 무렵에 들쥐 아줌마 눈을 피해 잠깐씩 밖으로 나가 산책을 하였습니다. 푸른 옷을 입은 바깥세상은 너무 아름다웠습니다. 빛이 찬란한 아침 세상과 놀이 지는 붉은 저녁의 황홀한 모습을 두더지는 한 번이라도 보았을까? 그런 아름다움을 모르는 두더지와 어두컴컴한 땅속 세상에서 함께 산다는 것은 상상도 할 수 없었습니다.

엄지는 먼 하늘을 보며 제비를 생각했습니다. 어디로 날아갔을까? 어느 하늘에서 아름다운 소리로 노래를 부르고 있을까? 제비가 보고 싶고 그리웠습니다.

어느덧 여름이 지나고 가을이 왔습니다. 들쥐 아줌마는 혼수 준비를 끝냈습니다.

"엄지야, 한 달 후에 결혼식을 올릴 거다."

엄지는 더는 참을 수가 없었습니다.

"저는 두더지와 결혼하지 않을 거예요."

"아니 뭐라고! 네 분수에 넘치는 신랑감을 마다한다고. 네가 지금 제정신이냐?"

"저는 두더지를 좋아하지 않아요. 싫어요."

"좋고 싫고가 어디 있어. 두더지는 부자야. 광에 먹을 것, 입을 것이 가득 차 있어. 너에게는 큰 복인데 그것을 차 버리겠다는 것이냐?"

엄지는 더는 대꾸하지 못하고 눈물만 흘렸습니다.

"더는 딴마음 먹지 마라. 네가 이러면 내가 이빨로 물어뜯을 거야."

들쥐 아줌마가 뾰족한 송곳니를 드러내며 말했습니다.

엄지는 온몸이 떨렸습니다. 꼼짝없이 두더지에게 시집을 가야 하는 운명이 되었습니다.

엄지는 바깥 숲으로 나왔습니다. 푸르던 잎이 붉게 물들기 시작했습니다. 새들의 아름다운 노랫소리가 슬프게 들렸습니다.


아름다운 엄지 아가씨가

땅속 두더지에게 시집가네

땅속은 깊고 어두워

해님도 볼 수 없고

찬란한 햇빛도 볼 수 없어

새들의 날갯짓도 볼 수 없고

아름다운 노래도 들을 수 없어

푸른 세상은 영원히 작별이야.


엄지는 해님을 바라보았습니다. 이제 해님과는
작별입니다. 풀잎들을 바라보았습니다.

"해님, 풀잎아 안녕! 이제는 볼 수 없어요."

커다란 눈에 눈물이 맺혔습니다.

엄지는 옆에 있는 빨간 꽃을 가만히 감싸 안았
습니다.

"부탁이 있어. 작고 예쁜 제비를 보거든 내 말을
전해 줘. 보고 싶었다고. 무척 그리워했다고."

눈물이 흘러 꽃에 떨어지자 꽃은 더욱 붉어졌습
니다.

그때 어디에선가 지지배배 지지배배 하고 노랫

소리가 들려왔습니다.

엄지는 하늘을 올려다보았습니다.

"이건 꿈일 거야. 아냐, 꿈이 아닐 거야."

제비였습니다. 엄지가 그토록 그리워하던 제비가 날아와 노래하고 있었습니다.

"제비님!"

"엄지야."

제비와 엄지는 좋아서 어쩔 줄을 몰랐습니다.

하지만 곧 엄지는 슬퍼졌습니다. 그리워하던 제비를 만났지만 이제 곧 두더지와 결혼하여 땅속으로 들어가야 하는 자신이 처량했습니다.

"엄지야, 네 얼굴이 슬퍼 보이는구나. 무슨 일인지 내게 말해 줘."

엄지는 모든 것을 이야기했습니다.

"가엾은 엄지. 울지 마. 이번에는 내가 너를 구

해 줄게."

제비는 엄지를 달랬습니다.

"나는 지금 남쪽 나라로 떠날 거야. 나와 함께 떠나자."

엄지의 눈이 반짝 빛났습니다. 제비와 함께라면 어디든 따라갈 것입니다.

"네, 함께 가겠어요."

제비는 엄지의 허리띠를 풀어서 엄지의 몸을 자신의 등에 꼭 묶었습니다.

"내 등에 엎드려 있으면 돼. 자, 출발한다."

제비는 남쪽을 향해 날기 시작했습니다. 들을 지나고 도회지를 지나고 산을 넘었습니다. 강을 건너 바다에 이르렀습니다. 제비는 쉬지 않고 날갯짓을 하였습니다.

엄지는 제비가 힘이 빠지면 어쩌나, 무사히 남

쪽 나라로 갈 수 있을까 걱정되었습니다.

"하느님, 우리 제비님에게 힘을 주세요. 용기를 주세요."

제비는 엄지가 걱정이 되었습니다.

"엄지야, 조금만 참아. 곧 따뜻한 나라에 도착할 거야."

마침내 제비는 남쪽 나라에 도착하였습니다. 햇살이 따사롭고 하늘은 푸르고 맑았습니다. 꽃들이 가지각색으로 피고 열매들이 주렁주렁 열렸습니다. 새들은 고운 소리로 지저귀며 날았습니다.

제비는 푸른 호숫가에 도착했습니다. 거기에 커다란 나무가 있고, 나무 아래에는 오래된 성이 있었습니다. 성에 높은 기둥이 있는데, 그곳에 제비집이 빽빽하게 지어져 있었습니다.

"여기가 우리 가족들이 살고 있는 곳이야."

엄지는 수많은 제비 집들을 보고 놀랐습니다.

"엄지가 여기서는 살 수 없겠지. 저기 아래를 봐. 예쁜 꽃들이 많지? 저 꽃 중에서 하나를 골라 봐."

제비는 꽃밭으로 날아갔습니다. 꽃향기가 은은하게 퍼졌습니다.

"저기 큰 꽃이 좋겠군."

제비는 엄지를 꽃잎에 살며시 내려놓았습니다.

엄지는 꽃잎을 둘러보다가 깜짝 놀랐습니다. 꽃잎 한가운데에 아주 작은 소년이 앉아 있었습니다. 그 모습이 투명하게 빛나 잘 알아볼 수 없었습니다.

엄지는 소년을 자세히 바라보았습니다. 머리에 황금 왕관을 쓰고 양쪽 어깨에 날개가 달려 있었습니다.

"누구일까요?"

엄지가 작은 소리로 제비에게 물었습니다.

"꽃의 왕자야. 너보다 크지 않지."

"꽃의 왕자님?"

"그래. 모든 꽃에는 작은 천사들이 살고 있지."

"잘생겼지요?"

"꽃의 왕자님이니 우아하고 잘생겼지."

작은 왕자는 제비를 보고 무서워서 떨고 있었습니다. 거대한 괴물 옆에 아름다운 아가씨가 있다니? 꽃의 천사들 중에도 저렇게 아름다운 소녀는 본 적이 없었습니다.

작은 왕자는 왕관을 벗어 엄지에게 씌워 주었습니다.

"이름이 무엇인가요?"

"엄지. 엄지 아가씨라고 부릅니다."

"당신의 영혼이 아름답고 착해 보이는군요. 저

의 아내가 되어 주면 좋겠습니다. 모든 꽃의 여왕
이 되는 거예요."

엄지는 제비를 올려다보았습니다.

제비가 고개를 끄덕였습니다.

"네, 왕자님."

엄지가 왕자의 청혼을 받아들였습니다.

그 순간, 주위의 모든 꽃잎들이 일제히 활짝 폈
습니다. 꽃잎에서 천사들이 쏟아져 나왔습니다.

"축하드려요, 작은 아가씨."

천사들이 하나씩 선물을 주었습니다.

엄지는 인사를 받느라 어쩔 줄을 몰랐습니다.

한 천사가 날개를 가져와 어깨에 달아 주었습니
다.

"와, 날개 달린 작은 공주님이네."

엄지는 이 꽃에서 저 꽃으로 날아다닐 수 있게

되었습니다.

엄지는 정말 행복했습니다. 이 모습을 본 제비가 고운 소리로 축하 노래를 불렀습니다.

이제 제비는 엄지와 헤어질 때가 되었습니다. 엄지의 행복한 모습을 보아 다행이지만 왠지 마음이 허전했습니다. 제비도 엄지를 좋아했나 봅니다.

왕자가 엄지에게 말했습니다.

"이제부터 너는 엄지가 아니란다. 꽃의 여왕, 마야라고 부를 거야."

엄지는 고개를 끄덕였습니다.

"마야, 안녕!"

제비가 작별 인사를 하였습니다. 엄지가 손을 흔들었습니다.

"제비님, 안녕!"

제비는 하늘 높이 날아올랐습니다. 먼 길을 떠나는 것입니다. 그곳은 덴마크라는 나라입니다. 제비는 그곳 어느 집 처마에도 집을 지어 놓았습니다.

그 집에는 동화를 쓰는 마음씨 좋은 아저씨가 살고 있습니다.

제비는 그곳으로 날아가 지지배배 지지배배 노래했습니다. 아저씨는 그 노랫소리를 듣고 이 이야기를 썼습니다. 그래서 세상에 '엄지 공주'가 알려지게 된 것입니다.

The Ugly Duckling

미운 아기 오리

# 미운 아기 오리

호숫가 근처에서 엄마 오리 한 마리가 알을 품고 있었습니다. 엄마 오리는 이제나저제나 아기 오리가 태어나기만을 기다렸습니다.

"이제 아기들이 태어날 때가 됐는데……."

그러던 어느 날, 드디어 아기 오리들이 알을 깨고 나오기 시작했습니다. 알을 깨고 나온 아기 오리들은 힘겹게 고개를 쳐들고 울어 댔습니다.

"꽥꽥 꽥꽥!"

그런데 알 하나가 깨나지 않았습니다.

"이 알은 다른 알보다 커서 늦는 건가?"

엄마 오리는 한숨을 내쉬며 계속 알을 품었습니다.

아기 오리가 태어났다는 소식을 듣고 이웃에 사는 할머니 오리가 찾아왔습니다.

"아니, 아직도 알을 품고 있어?"

"예, 알 하나가 늦어지고 있어요."

"그거 혹시 칠면조 알이 아닐까? 나도 한 번 속은 적이 있거든."

"아니에요. 조금 더 품으면 태어날 거예요."

얼마 후, 드디어 알이 깨지고 아기 오리가 태어났습니다. 그런데 막내 아기 오리는 우는 소리가 다른 아기 오리들과 달랐습니다. 게다가 아주 못생겼습니다.

"어머, 다른 아기들과 다르게 생겼네. 정말 할머니 말대로 칠면조의 아기인지도 모르겠어."

엄마 오리는 며칠 후면 칠면조인지 아닌지 알 수 있을 것이라고 생각했습니다.

아기 오리들이 걸을 수 있게 되자 엄마 오리는 아기 오리들을 데리고 호수로 나갔습니다.

"자, 엄마를 따라 들어오너라."

엄마 오리가 물속으로 첨벙 들어갔습니다. 아기 오리들도 뒤뚱뒤뚱 다투어 엄마 오리를 따라 들어갔습니다.

아기 오리들은 금방 다리를 움직여 헤엄을 쳤습니다.

미운 아기 오리도 열심히 헤엄을 쳤습니다.

엄마 오리는 미운 아기 오리가 헤엄치는 것을 보고 안심했습니다.

'거봐, 칠면조 아기가 아니야. 다른 아기들보다 몸집이 조금 크고 못생겼을 뿐이지.'

시간이 지날수록 점점 더 크고 못생긴 모습으로 변하는 미운 아기 오리는 형제 오리들뿐만 아니라 다른 오리들에게도 놀림을 받았습니다.

엄마 오리는 속이 상했습니다.

"네 모습이 이런 것은 알 속에서 너무 오랫동안

있었기 때문일 거야. 하지만 걱정 마라. 자라면서 몸도 작아지고 예뻐질 테니까."

엄마 오리가 위로했지만 미운 아기 오리는 여전히 놀림을 받았습니다.

"저 못난이는 고양이가 잡아가지도 않나?"

형제 오리들은 미운 아기 오리를 부리로 물어뜯었습니다. 심지어 조그만 병아리들도 무시하며 부리로 쪼아 댔습니다.

어느 날, 미운 아기 오리는 더 이상 참지 못하고 집을 뛰쳐나왔습니다.

"못생긴 게 무슨 죄가 된다고……."

미운 아기 오리는 무작정 길을 떠났습니다.

얼마 후, 넓은 늪에 이르렀습니다.

"아이고, 피곤하고 배도 고파."

미운 아기 오리는 늪 주위의 갈대밭에서 하룻밤

을 지냈습니다.

다음 날, 눈을 떠 보니 늪에는 다른 새들도 많이 살고 있었습니다. 들오리, 기러기들이 미운 아기 오리에게 다가와 말을 걸었습니다.

"안녕? 그런데 넌 참 못생겼구나."

모두들 이름도 묻지 않고 이렇게 첫인사를 했습니다.

그때 갑자기 탕 하고 총소리가 들렸습니다.

"악!"

미운 아기 오리는 비명을 지르며 몸을 움츠렸습니다.

날아오르던 기러기 한 마리가 총에 맞아 떨어졌습니다. 총소리가 계속 갈대밭을 울렸습니다. 뒤이어 개 짖는 소리가 요란스럽게 들렸습니다.

미운 아기 오리는 너무 무서워서 갈대밭에 몸을

웅크리고 오랫동안 숨어 있었습니다.

저녁이 되어서야 총소리와 개 짖는 소리가 멈추었습니다. 미운 아기 오리는 주위를 살피며 조심조심 갈대밭을 빠져나왔습니다.

"이곳을 떠나자."

미운 아기 오리는 다시 무작정 걸었습니다. 한참을 가다 보니 다 쓰러져 가는 낡은 초가집이 보였습니다.

"오늘은 여기서 쉬어야겠다."

초가집에는 마음씨 좋은 할머니와 고양이 그리고 암탉이 살고 있었습니다.

고양이는 미운 아기 오리를 보자마자 발톱을 세웠고, 암탉은 꼬꼬댁거리며 울어 댔습니다.

"쉿! 아기 오리가 길을 잃은 모양이구나."

할머니는 미운 아기 오리를 꼭 안아 주었습니다.

어느 날, 암탉과 고양이가 미운 아기 오리에게 다가와 물었습니다.

"너 알 낳을 수 있어?"

"아니."

"이렇게 등을 구부리고 눈에 불을 켤 수 있어?"

"아니, 나는 그런 재주가 없어."

"흥, 바보 같으니! 앞으로 우리가 말할 때는 입 꼭 다물고 있어."

미운 아기 오리는 이곳에서도 외톨이가 되었습니다. 너무 외롭고 쓸쓸해진 미운 아기 오리는 문득 헤엄을 치고 싶어서 혼잣말을 했습니다.

"호수에 가서 헤엄을 칠까?"

암탉이 미운 아기 오리의 말을 듣고 비웃었습니다.

"이 바보야, 그건 어리석은 생각이야."

"아니야, 헤엄치는 게 얼마나 재미있는데."

"정신 나갔군. 네가 똑똑한 오리라면 하루빨리 알을 낳는 방법을 배우든지, 아니면 나처럼 등을 구부리고 눈에 불을 켜는 법을 배워야지."

고양이도 빈정거리며 말했습니다.

"싫어. 이곳은 답답하고 재미도 없어. 나는 넓은 세상으로 나갈 거야."

"흥, 네 마음대로 하렴."

미운 아기 오리는 호수를 찾아 길을 떠났습니다.

얼마쯤 가자 넓은 호수가 보였습니다.

"야, 호수다!"

미운 아기 오리는 얼른 호수로 뛰어들었습니다. 그러자 다른 새들이 다가와 소리쳤습니다.

"아니, 못생긴 게 어디 와서 헤엄을 치려는 거야. 저리 가지 못해!"

　미운 아기 오리는 할 수 없이 호수 구석에서 몰
래 헤엄을 쳤습니다.

　어느덧 쌀쌀한 가을이 왔습니다.

　찬 바람이 불어 붉게 물든 나뭇잎이 떨어졌습니
다.

　하늘 위로 새들이 떼를 지어 바삐 날아갔습니
다. 새로운 둥지를 찾아 따뜻한 곳으로 날아가는
모양입니다.

　　　　그때 한 무리의 새들이 줄지
어 날아왔습니다.

"와!"

눈부시게 하얀 깃털을 가진 백조들을 보는 순간
미운 아기 오리는 탄성을 질렀습니다. 백조들은
우아하게 하늘을 날았습니다.

"정말 아름다운 새야!"

미운 아기 오리는 지금까지 보았던 그 어떤 새
도 부러워한 적이 없었지만 백조는 달랐습니다.

"나도 백조들처럼 아름답다면
얼마나 행복할까."

추운 겨울이 왔습니다.

호수가 얼어붙기 시작했습니다.

미운 아기 오리는 물이 얼지 않은 곳에서 헤엄을 쳤지만 날씨가 점점 추워지면서 호수 전체가 꽁꽁 얼어붙었습니다.

"이를 어쩌지?"

끝까지 물속에서 헤엄을 치던 미운 아기 오리는 마침내 물과 함께 얼어붙고 말았습니다.

마침 호숫가를 지나가던 한 농부가 미운 아기 오리를 발견했습니다. 농부는 얼음을 깨고 미운 아기 오리를 구해 주었습니다.

농부는 미운 아기 오리를 집으로 데려갔습니다.

"야, 오리다!"

농부의 아이들은 미운 아기 오리를 쫓아다니며 못살게 굴었습니다. 미운 아기 오리는 아이들에게 잡히지 않으려고 도망쳤습니다. 그러다가 우유 통을 넘어뜨리고 큰 밀가루 통을 엎기도 했습니다.

집 안은 아이들과 미운 아기 오리가 쫓고 쫓기느라 엉망이 되었습니다.

"아이고, 저놈의 못생긴 오리가 집 안을 엉망으로 만들어 버렸네!"

농부의 아내가 미운 아기 오리를 잡으려고 쫓아왔습니다.

"안 되겠어. 이 집에서 도망가야지."

미운 아기 오리는 겨우 숲으로 도망쳐 나왔습니다.

숲에는 하얀 눈이 수북이 쌓여 있었습니다.

"눈이 많이 쌓였네. 이렇게 추운 숲에서 어떻게 지내지?"

미운 아기 오리는 마음을 굳게 먹고 추운 겨울

을 견뎌 내기로 했습니다.

미운 아기 오리가 추운 겨울을 어떻게 견뎠는지 그 고통스럽고 슬픈 이야기는 말로 다 할 수 없을 정도였습니다.

시간이 흘러 드디어 겨울이 가고 따뜻한 바람이 부는 봄이 왔습니다. 나무에는 새싹이 돋아났고, 새들은 나뭇가지 위에서 노래했습니다.

미운 아기 오리는 따뜻한 햇볕을 쬐며 천천히 날개를 폈습니다. 갑자기 날개에 힘이 붙는 듯하더니 하늘 높이 날아올랐습니다.

"아, 내가 이렇게 높이 날다니……."

미운 아기 오리는 놀란 가슴을 진정시키며 넓은 정원에 내려앉았습니다. 정원에는 온갖 꽃들이 피어 있어서 무척 향기로웠습니다.

그때 세 마리의 하얀 새가 날아 내려왔습니다.

언젠가 본 적이 있던 백조들이었습니다.

백조들은 넓은 강으로 날아가 헤엄을 쳤습니다.

"나도 백조들과 함께 헤엄을 쳐야지."

미운 아기 오리는 가는 곳마다 놀림과 따돌림을 당했지만 이제는 그런 것쯤은 두렵지 않았습니다. 고통스럽고 힘겨운 겨울을 지내는 동안 미운 아기 오리에게 용기가 생긴 것입니다.

미운 아기 오리는 힘차게 날아 강으로 가서 헤엄을 쳤습니다. 미운 아기 오리를 발견한 백조들이 날개를 퍼덕이며 다가왔습니다.

"놀릴 테면 놀려 봐."

미운 아기 오리는 고개를 물속에 처박았습니다. 그러나 아무 일도 일어나지 않고 조용했습니다. 미운 아기 오리는 고개를 살며시 들었습니다. 그 순간 물에 비친 자기 모습을 보고 깜짝 놀랐습니다.

"아니!"

물속에 비친 모습은 미운 아기 오리가 그렇게도 부러워하던 우아하고 아름다운 백조였습니다.

"이게 어떻게 된 것일까?"

아! 미운 아기 오리는 사실 백조였는데, 백조의 알이 잘못해서 오리 둥지에 섞였던 일입니다.

백조들이 미운 아기 오리에게 인사를 했습니다.

"너는 정말 아름답구나!"

그때 강가에 놀러 나온 가족이 소리쳤습니다.

"저기 새로운 백조가 날아왔어요!"

"어디? 그렇구나. 새로 온 백조가 제일 아름답네."

"정말 예쁘기도 하지."

미운 아기 오리는 너무나 기쁘고 행복했습니다.

The Little Match-Seller

성냥팔이 소녀

# 성냥팔이 소녀

하얀 눈이 펑펑 내리는 크리스마스이브였습니다.

집집마다 즐거운 웃음소리가 끊이지 않았습니다.

모두가 즐거워하는 크리스마스이브에 한 소녀가 성냥을 팔기 위해 거리로 나왔습니다.

소녀는 성냥 바구니를 들고 힘없이 걷고 있었습니다.

눈이 펑펑 쏟아지는데 낡은 옷에 신발도 없이 맨발이었습니다. 집에서 나올 때는 큰 슬리퍼를 신고 있었지만 조금 전에 마차를 피하다가 벗겨지는 바람에 잃어버리고 말았습니다. 소녀의 다리는 추위에 파랗게 얼어 있었습니다.

"아, 추워……."

소녀는 추운 데다가 아침부터 아무것도 먹지 못했기 때문에 배가 몹시 고팠습니다.

"아, 배고파."

지나가는 곳마다 맛있는 음식 냄새가 풍겼고, 크리스마스를 축하하는 노래가 흘러나왔습니다.

소녀는 발이 꽁꽁 얼어 더 이상 걸을 수가 없었습니다. 그래서 어느 건물 벽에 몸을 기대고 쪼그려 앉았습니다.

"성냥 사세요, 성냥 사세요."

소녀는 기운이 없어 조그만 목소리로 말했습니다.

하지만 사람들은 흥겨운 발걸음으로 빠르게 지나가느라 불쌍한 소녀를 거들떠보지 않았고, 좀처럼 성냥을 사 주지도 않았습니다.

시간이 흐르고 지나가는 사람이 뜸해졌습니다. 소녀는 얼른 집에 돌아가서 몸을 녹이고 싶었지만 그럴 수가 없었습니다. 성냥을 다 팔지 못하면 아버지에게 매를 맞기 때문입니다.

"성냥 사세요."

소녀의 목소리는 점점 작아졌고, 손가락조차 움직이기 힘들 정도로 온몸이 꽁꽁 얼었습니다. 소녀는 갑자기 돌아가신 할머니가 보고 싶어 울먹거렸습니다.

"할머니, 흑흑……."

소녀는 성냥불에라도 손을 녹이기 위해 성냥 한 개비를 벽에 그었습니다. 불꽃이 확 튀었습니다.

작은 불꽃이었지만 정말 포근하고 따뜻했습니다. 소녀는 불꽃에 손을 쬐며 살며시 미소 지었습니다.

"아, 따뜻해."

성냥불은 커다란 난로처럼 소녀의 몸을 따뜻하게 녹여 주었습니다. 하지만 이내 꺼지고 말았습니다.

소녀는 다시 성냥개비 하나를 벽에 그었습니다. 그러자 이상한 일이 벌어졌습니다. 불꽃이 사방을 비추더니 벽이 뚫리면서 어느 집 방 안이 보였습니다.

하얀 천이 깔린 커다란 식탁 위에는 따뜻한 촛불이 반짝였고, 예쁜 그릇에는 과일이 가득 담겨 있었습니다. 군침이 도는 거위 통구이도 있었습니다.

"아, 맛있겠다."

그 순간 성냥불이 꺼지면서 차갑고 꺼칠꺼칠한 벽으로 변했습니다.

소녀는 다시 성냥불을 켰습니다. 이번에는 아주 큰 크리스마스트리가 나타났습니다. 멋진 옷을 입은 사람들이 손을 잡고 크리스마스트리 주위에서 흥겹게 춤을 추고 있었습니다. 예쁘고 화려하게 장식된 크리스마스트리에는 수백 개의 촛불이 반짝반짝 빛나고 있었습니다.

"너무 아름다워!"

그 순간 성냥불이 꺼지면서 예쁜 촛불은 하늘 높이 올라가 별이 되었습니다.

소녀는 성냥개비 하나를 다시 벽에 그으면서 할머니가 나타나기를 바랐습니다. 곧 불꽃이 환하게 일어나면서 정말로 할머니가 나타났습니다.

"할머니!"

꿈같은 일이 계속 벌어지자 소녀는 너무 기뻤습니다. 하지만 성냥불이 꺼지면 할머니도 곧 사라져 버린다는 것을 알고 있었기 때문에 소녀는 계속 성냥불을 켰습니다.

"불이 꺼지면 안 돼."

갑자기 주위가 대낮처럼 환해지더니 할머니의 모습이 점점 커졌습니다. 소녀는 팔을 뻗어 할머니를 잡으려고 애를 썼습니다.

"할머니, 제발 저를 데려가 주세요. 성냥불이 꺼

지면 거위나 트리처럼 할머니도 사라져 버릴 거죠?"

소녀는 온 힘을 다해 할머니를 불렀습니다. 그러자 할머니의 목소리가 들렸습니다.

"그래, 나와 함께 가자꾸나."

할머니는 조심스럽게 소녀를 안아 들었습니다.

할머니의 품은 너무나 따뜻하고 포근했습니다.

어느덧 날이 밝아 크리스마스 날 아침이 되었습니다. 밤새 내리던 눈이 그치고 아침 해가 온 세상을 따뜻하게 비추었습니다.

거리로 나온 사람들이 성냥 바구니를 안고 쓰러져 있는 소녀의 주위로 몰려들었습니다.

"아이고, 불쌍해라."

편안히 잠을 자는 듯했지만, 소녀의 몸은 이미 싸늘히 식어 있었습니다.

소녀의 주위에는 타 버린 성냥개비들이 여기저기 흩어져 있었습니다.

"성냥불로 몸을 녹이려고 했나 봐요."

"그런데 이상하게도 참 평안해 보이는군요."

　소녀는 행복한 웃음을 남기고 하늘나라로 갔습니다.

The Wild Swans

백조 왕자

# 백조 왕자

옛날, 아주 먼 남쪽 나라에 임금님 가족이 행복
하게 살고 있었습니다.

어느 날, 왕비가 열한 명의 왕자와 예쁜 공주 엘
리자를 남겨 두고 세상을 떠났습니다.

임금님은 왕자들과 공주를 위해 새 왕비를 맞이
했습니다.

새 왕비는 사실 마음씨가 나쁜 마녀였습니다. 왕비는 왕자들과 공주에게 이유 없이 트집을 잡으며 못살게 굴었습니다. 또 왕자들과 공주가 다정하게 지내는 것을 못마땅하게 생각했습니다.

"왕자들과 공주를 떼어 놓아야 해."

어느 날, 왕비는 엘리자를 건강이 안 좋다는 이유로 먼 시골로 보냈습니다.

"열다섯 살이 될 때까지 시골에서 지내도록 해라."

공주를 멀리 쫓아 버린 왕비는 이번에는 왕자들을 쫓아낼 궁리를 했습니다. 날마다 임금님 앞에서 왕자들의 흉을 보기 시작했습니다.

"왕자들이 저를 무시한답니다."

임금님은 왕비의 거짓말에 속아 왕자들을 점점 미워하게 되었습니다. 왕비는 이때가 기회다 싶어 얼른 왕자들에게 마술을 걸었습니다.

"밤에만 사람이 되는 백조가 되어라."

열한 명의 왕자들은 백조가 되어 궁궐 밖으로 날아갔습니다.

엘리자가 사는 시골로 날아간 백조 왕자들은 누더기를 걸치고 있는 엘리자를 보았습니다. 그 모습을 본 백조 왕자들은 반갑고 안타까운 마음에 구슬피 울었습니다.

엘리자는 오빠들이 백조가 된 줄도 모르고 궁궐로 돌아갈 날만을 손꼽아 기다렸습니다.

엘리자는 예쁘고 아름다운 소녀로 자랐습니다. 마침내 엘리자가 열다섯 살이 되자 임금님은 엘리자를 궁궐로 불러들였습니다. 그런데 아름답게 자란 엘리자의 모습을 본 왕비는 샘이 났습니다.

왕비는 엘리자가 임금님을 만나기 전에 자기 방

으로 불렀습니다.

"엘리자, 아버지께 인사드리기 전에 예쁘게 단
장해야지. 엄마가 네 머리카락이 반짝반짝 윤이
나도록 머릿기름을 발라 줄게."

왕비는 다정한 척하며 엘리자의 머리에 썩은 기
름을 잔뜩 바른 뒤 마구 헝클어 놓았습니다. 그러
고는 엘리자를 데리고 임금님에게 갔습니다.

"전하, 엘리자가 돌아왔어요."

엘리자를 본 임금님은 고약한
냄새 때문에 코를 막으며
화난 목소리로 말했습니다.

"이럴 수가! 엘리자,
오랜만에 만나는 아버지
앞에 어찌 그렇게 지저분한
모습으로 올 수가 있느냐?

꼴도 보기 싫으니 당장 물러가라."

왕비는 심술궂게 웃으며 엘리자를 아예 궁전 밖
으로 내쫓아 버렸습니다.

엘리자는 무작정 길을 떠났습니다.

어느 호수에 이르렀을 때 엘리자는 물에 비친
자신의 모습을 보고 깜짝 놀랐습니다.

"내 머리와 얼굴이 왜 이렇게 된 거지? 아, 못된
새어머니가 나를 내쫓으려고 일부러 더럽게 해
놓은 거였구나."

엘리자는 맑은 물에 얼굴과 머리를 깨끗이 씻었
습니다. 다시 하얗고 예쁜 모습이 되었습니다.

조금 더 걸어가자 아름다운 숲이 나타났습니다.
엘리자는 숲속에 살면서 배가 고프면 과일을 따
먹고 밤에는 별을 보며 오빠들을 생각했습니다.

어느 날, 해가 질 무렵 엘리자는 산딸기를 따고

있는 할머니를 만났습니다.

엘리자는 오빠들이 너무 보고 싶은 마음에 할머니에게 물었습니다.

"할머니, 혹시 열한 명의 왕자들을 못 보셨나요?"

"왕자들은 못 봤고, 저쪽 강에서 왕관을 쓴 열한 마리의 백조들이 물놀이하는 건 보았지."

엘리자는 이상한 기분이 들어 할머니가 가르쳐 준 강으로 갔습니다. 마침 백조들이 날아오고 있어서 엘리자는 얼른 몸을 숨겼습니다.

백조들은 신기하게도 해님이 강물 속으로 빠지듯 사라지자마자 사람으로 변하기 시작했습니다.

"내 생각이 맞았어. 오빠들이야. 오빠!"

엘리자는 오빠들을 부르며 뛰어갔습니다.

"아니, 엘리자……."

꿈에도 그리던 여동생을 만난 오빠들은 엘리자를 꼭 끌어안았습니다.

엘리자가 궁궐에서 쫓겨난 이야기를 하며 서럽게 울자 오빠들도 백조가 된 사연을 이야기했습니다.

"우리들은 해가 떠 있는 동안은 백조가 되어 하늘을 날아다니다가 해가 지면 다시 사람이 되는 마술에 걸렸단다. 슬픈 일이지만 너와 다시 헤어져야 할지도 몰라. 내일이면 바다 건너 먼 곳으로 가야 하거든."

"오빠, 나도 같이 갈래요. 데려가 줘요."

"데려가고 싶지만 너에게는 날개가 없으니……."

오빠들은 엘리자를 데리고 갈 방법을 궁리한 끝에 그물을 만들어 태우고 가기로 했습니다. 오빠들은 밤새도록 버드나무 껍질을 벗겨 그물을 만들었습니다.

다음 날 아침, 다시 백조가 된 오빠들은 엘리자를 그물에 태운 뒤 그물 끝을 입에 물고 날아갔습니다.

아늑한 동굴을 찾은 백조 왕자들은 그곳에서 지내기로 하고 낮이면 어디론가 날아갔다가 밤이 되면 돌아왔습니다.

엘리자는 혼자 있는 낮 동안 기도를 했습니다.

"하느님, 오빠들이 마술에서 풀려날 수 있는 방법을 가르쳐 주세요."

그러던 어느 날 밤, 엘리자의 꿈에 천사들이 나타나 말했습니다.

"쐐기풀로 옷을 만들어 백조들에게 입히면 마술이 풀릴 것이다. 단, 열한 벌의 옷을 다 만들 때까지 한마디 말도 해서는 안 된다. 반드시 명심하여라."

잠에서 깬 엘리자는 오빠들에게 꿈 이야기를 해
주고, 즉시 쐐기풀로 옷을 만들기 시작했습니다.
따끔따끔한 가시에 찔려 손에서 피가 났지만 꾹
참았습니다.

"불쌍한 엘리자, 우리들을 위해 이 고생을 하다
니!"

오빠들은 터지고 거칠어진 엘리자의 손을 잡고
눈물을 흘렸습니다.

엘리자는 밤낮을 쉬지 않고
옷을 만들었습니다.

어느 날 오후, 엘리자는 피곤
해서 깜빡 잠이 들었습니다. 엘
리자는 자면서도 쐐기풀로 옷
을 만드는 꿈을 꾸었습니다.

그때 사냥을 나온 젊은 임금님이 우연히 동굴을 발견하고는 안으로 들어왔습니다. 그러고는 동굴에서 혼자 자고 있는 엘리자를 보고 깜짝 놀라 깨우며 물었습니다.

"아니, 아가씨 혼자 이 무서운 동굴에서 무엇을 하고 있는 겁니까?"

눈을 뜬 엘리자는 임금님을 바라보았지만 아무 말도 할 수가 없었습니다.

젊은 임금님은 아름다운 엘리자에게 한눈에 반했습니다. 그리고 엘리자가 말을 못하는 줄 알고 불쌍히 여겨 궁궐로 데려갔습니다.

얼마 후, 젊은 임금님은 신하들에게 엘리자와 결혼하겠다고 발표하였습니다.

그러자 한 신하가 말했습니다.

"폐하, 그 여자는 밤낮없이 쐐기풀로 옷을 만들

고 있습니다. 틀림없이 마녀일 것입니다."

하지만 젊은 임금님은 신하의 말에는 아랑곳없이 오히려 엘리자에게 쐐기풀을 더 많이 갖다 주었습니다.

엘리자는 기뻐하며 다시 옷을 만들기 시작했습니다.

한 벌, 두 벌, 세 벌……

일곱 번째 옷을 다 만들고 나니 쐐기풀이 모자랐습니다. 마침 한밤중이라 무서웠지만 엘리자는 하루빨리 오빠들을 구하고 싶은 마음에 공동묘지로 갔습니다. 공동묘지에는 쐐기풀이 많았기 때문입니다.

엘리자를 의심하던 신하가 이 사실을 알고 젊은 임금님에게 알렸습니다.

"한밤중에 공동묘지에 가는 것을 보면 저 여자

는 마녀가 틀림없습니다. 당장 감옥에 가두십시오."

젊은 임금님은 어쩔 수 없이 엘리자를 감옥에 가두었습니다. 하지만 엘리자는 묵묵히 옷을 만들 뿐이었습니다. 이제 마지막 한 벌만 남았습니다.

"못된 마녀를 죽여라!"

사람들이 엘리자에 대한 소문을 듣고 시위를 했

습니다.

마침내 엘리자는 화형장으로 끌려가게 되었습니다. 그러면서도 엘리자는 옷을 만들었습니다.

엘리자를 화형시키려고 짚더미에 막 불을 붙이려고 할 때 열한 번째 옷이 완성되었습니다.

그 순간 어느새 열한 마리의 백조가 날아와 엘리자를 에워쌌습니다.

엘리자는 백조들에게 옷을 하나씩 던져 주었습니다. 옷을 입은 백조들은 곧 늠름한 왕자로 변하였습니다.

엘리자와 열한 명의 왕자들은 서로 부둥켜안고 기쁨의 눈물을 흘렸습니다.

"여러분, 제 동생은 마녀가 아닙니다!"

큰오빠가 지금까지 있었던 일을 사람들에게 말해 주었습니다.

그동안의 사정을 알게 된 젊은 임금님은 잘못을 뉘우치고 엘리자와 결혼하기로 했습니다.

엘리자와 젊은 임금님의 결혼을 축하해 주기라도 하듯 새들이 고운 소리로 지저귀었습니다.

The Little Mermaid

인어 공주

## 인어 공주

깊고 깊은 바닷속에 산호로 만든 아름다운 용궁이 있었습니다. 용궁에는 허리 위쪽은 사람이고, 다리 대신 물고기의 꼬리를 가진 인어들이 살고 있었습니다.

그중에는 바다 임금님의 예쁜 딸 여섯 명도 있었습니다. 모두 예쁘고 착했는데, 그중 막내 인어 공주가 제일 예뻤습니다.

막내 인어 공주는 열다섯 번째 생일을 손꼽아 기다렸습니다. 열다섯 살이 되면 바다 위로 올라가 바깥세상을 구경할 수 있었기 때문입니다.

할머니 인어는 인어 공주에게 바다 위의 이야기를 자주 들려주었습니다.

"달빛이 비치는 바위에 앉아 있으면 크고 아름다운 배와 사람들이 사는 도시를 볼 수 있단다."

한 살씩 나이 차이가 나는 인어 공주들은 매년 차례로 바다 위를 구경하고 왔습니다.

드디어 막내 인어 공주가 열다섯 살이 되었습니다.

"이제 너도 다 컸으니 바다 위로 올라가도 좋다."

할머니 인어가 흰 백합을 엮어 머리에 얹어 주었습니다. 인어 공주는 너무 기뻐서 인사도 하는

둥 마는 둥
하고 바다 위로
올라갔습니다.

　인어 공주가
바다 위로 고개를
내밀자 저 멀리 큰 배가 보였습니다.
　인어 공주는 호기심에 배 가까이
헤엄쳐 갔습니다.
　배 안에서는 잔치가 열리는지 흥겨운
음악 소리와 사람들이 웃고 떠드는 소리가
들려왔습니다.
　사람들을 처음 본 인어 공주는 그
모습이 마냥 신기하고 즐거웠습니다.
인어 공주는 사람들이 무슨 이야기를
나누는지 살짝 엿듣다가

지금 왕자님의 생일잔치를 벌이고 있다는 사실을 알게 되었습니다.

그때 인어 공주의 눈에 따분한 듯한 표정으로 바다를 바라보고 있는 왕자가 보였습니다. 인어 공주는 멋진 왕자를 보고 첫눈에 반했습니다.

밤이 깊도록 인어 공주는 왕자에게서 눈을 떼지 못했습니다.

배 안의 불이 하나둘 꺼지면서 잔치가 끝났습니다. 인어 공주는 아쉬웠지만 용궁으로 향했습니다.

그런데 갑자기 파도가 높아지면서 번개가 치고 천둥소리가 바다를 흔들었습니다.

"폭풍우가 몰아치려나 봐."

인어 공주가 미처 용궁으로 돌아가기도 전에 파도는 산처럼 높아졌고 비바람까지 몰아쳤습니다.

왕자가 타고 있는 큰 배도 파도에 휩쓸려 심하게 기우뚱거렸습니다.

그러자 사람들이 순식간에 바닷속에 빠지고 말았습니다. 왕자도 바닷속 어딘가에 빠져 보이지 않았습니다.

"왕자님을 죽게 내버려 둘 수는 없어."

인어 공주는 얼른 바닷속으로 들어가 이리저리 왕자를 찾아 헤맸습니다.

마침내 인어 공주가 왕자를 찾았을 때 왕자의 몸은 이미 축 늘어져 죽은 것처럼 보였습니다. 인어 공주는 왕자를 안고 해변으로 헤엄쳐 나갔습니다. 그러고는 왕자를 모래 위에 반듯하게 눕혔습니다.

"왕자님, 죽으면 안 돼요."

그때 종소리가 울리더니 해변에 있는 교회에서

아가씨들이 나왔습니다. 인어 공주는 깜짝 놀라 서둘러 바닷속에 몸을 숨겼습니다.

한 아가씨가 다가와 왕자님을 발견하고 흔들어 깨웠습니다. 정신을 차린 왕자님이 힘겹게 눈을 뜨며 말했습니다.

"아가씨가 제 목숨을 구해 주셨군요. 고맙습니다."

숨어서 왕자를 지켜보던 인어 공주는 몹시 슬펐지만 왕자 앞에 나설 수 없었습니다. 왜냐하면 인어는 사람들의 눈에 띄면 안 되었기 때문입니다.

인어 공주는 할 수 없이 눈물을 흘리며 용궁으로 돌아왔습니다.

그날부터 인어 공주는 왕자를 볼 수 있을지도 모른다는 생각에 날마다 바다 위로 올라갔습니다.

"왕자님이 살고 있는 세상은 어떤 곳일까?"

왕자가 살고 있는 인간 세상을 그리워하던 인어 공주는 아예 인간 세상에서 살고 싶었습니다.

"무슨 방법이 없을까?"

인어 공주는 문득 마녀 할멈이 떠올랐습니다.

"마녀 할멈은 내 소원을 들어줄 수 있을 거야."

인어 공주는 거센 소용돌이 속에서 살고 있는 마녀 할멈을 찾아갔습니다.

"흐흐, 막내 공주님이 왜 나를 찾아왔는지 나는 알고 있지요."

마녀 할멈은 소름 끼치는 목소리로 말했습니다.

"사람들처럼 두 다리를 갖고 싶은 게지요?"

"맞아요, 저는 사람이 되고 싶어요."

"걸을 때마다 칼에 찔리는 것처럼 아플 텐데요."

마녀 할멈이 기분 나쁘게 웃으며 말했습니다.

"저는 어떤 고통도 참을 수 있어요."

"좋아요. 하지만 한 가지 조건이 있어요. 다리를 갖는 대신 공주님의 아름다운 목소리를 나에게 줘야 해요."

"아, 그러면 왕자님에게 말을 할 수가 없잖아요. 제가 구해 드렸다는 것도……."

"그 정도 대가도 치르지 않고 사람이 되겠어요? 말을 못하면 눈빛과 걸음걸이로 왕자의 마음을 사로잡으면 되지요. 그리고 명심할 게 있어요. 반드시 왕자의 사랑을 얻어서 결혼해야 해요. 만약

왕자가 다른
여자와 결혼하면
공주님은 물거품이
되어 죽고 말 테니까요."

인어 공주는 무척 두려웠지만
결국 사람이 되는 물약과 아름다운 목소
리를 바꾸고 말았습니다.

인어 공주는 곧바로 해변으로 가서 물약을 마셨
습니다. 순간 날카로운 칼이 몸을 꿰뚫는 것처럼
심한 고통을 느끼며 정신을 잃고 말았습니다.

얼마 후, 인어 공주는 누군가 깨우는 소리에 정
신을 차리고 눈을 떴습니다.

인어 공주는 깜짝 놀랐습니다. 그렇게 보고 싶어 하던 왕자가 자기를 걱정스러운 눈으로 내려다보고 있었기 때문입니다.

"아가씨는 어디에서 온 누구이신지요?"

왕자가 묻는 말에 대답을 하고 싶었지만 인어 공주는 아무 말도 할 수가 없었습니다. 왕자는 인어 공주를 불쌍히 여겨 궁전으로 데리고 갔습니다.

그 후 왕자는 어디든 인어 공주를 데리고 다녔습니다. 왕자와 인어 공주는 멋진 배를 타고 여행도 다녔습니다.

인어 공주는 왕자와 함께 있는 것이 꿈만 같아서 시간 가는 줄 몰랐습니다. 시간이 흐를수록 왕자를 향한 인어 공주의 사랑은 점점 깊어 갔습니다. 왕자도 인어 공주를 좋아했지만, 왕자가 결혼하고 싶어 하는 사람은 따로 있었습니다.

폭풍우가 치던 날 밤, 교회에서 나오다가 왕자를 발견한 바로 그 아가씨였습니다.

왕자는 늘 인어 공주에게 말했습니다.

"나를 구해 준 그 아가씨는 지금 해변의 교회에서 살고 있답니다. 밖으로 나올 수가 없는지 만날 수가 없군요."

'왕자님을 구해 준 사람은 바로 저예요.'

인어 공주는 이렇게 마음속으로만 외칠 뿐 아무 말도 할 수 없었습니다. 너무 슬퍼서 하염없이 눈물만 흘렸습니다. 왕자와 결혼하지 못하면 물거품이 되어 죽는다는 생각에 더욱 슬펐습니다.

그러던 어느 날, 인어 공주는 왕자가 이웃 나라의 공주와 결혼한다는 소문을 들었습니다. 인어 공주는 무척 슬펐지만 왕자와 함께 배를 타고 이웃 나라의 공주를 만나러 갔습니다. 이웃 나라의 공주는 얼마 동안 해변의 교회에서 왕비로서의 마음가짐을 배우고 돌아왔다고 하였습니다.

다음 날, 이웃 나라의 공주를 만난 왕자는 깜짝 놀랐습니다. 이웃 나라의 공주가 바로 왕자가 결혼하고 싶어 하던 그 아가씨였던 것입니다.

"오, 나와 결혼할 공주가 내 생명을 구해 준 아가씨라니. 우리는 운명의 상대인가 보군요."

기뻐하는 왕자의 모습을 지켜보는 인어 공주의 마음은 찢어질 듯이 아팠습니다.

인어 공주의 마음을 알 리 없는 왕자는 이웃 나라 공주와 결혼을 하였습니다.

인어 공주는 오직 왕자를 사랑하는 마음으로 모든 것을 버리고 사람이 되었지만, 이제 와서 되돌릴 수는 없었습니다.

깊은 밤, 인어 공주는 뱃머리에 앉아 하염없이

울었습니다. 그때 언니들이 나타났습니다.

큰언니가 칼 한 자루를 건네주며 말했습니다.

"막내야, 우리가 너를 구할 방법을 알아 왔어. 이 칼로 왕자의 가슴을 찔러서 왕자의 따뜻한 피가 네 발을 적시게 하면 돼. 그러면 다시 꼬리가 생기고 너는 인어가 될 수 있어. 대신 반드시 해가 뜨기 전에 해야 해, 알았지?"

인어 공주는 고개를 끄덕이고 옷 속에 칼을 숨긴 다음 왕자의 방으로 몰래 들어갔습니다. 왕자는 이웃 나라의 공주와 평화롭게 잠들어 있었습니다.

인어 공주의 눈에서 뜨거운 눈물이 주르르 흘러내렸습니다.

'아, 안 돼! 사랑하는 왕자님을 죽일 수는 없어.'

인어 공주는 방에서 뛰쳐나와 바다에 칼을 던져

버렸습니다.

마침내 바다 위로 아침 해가 둥실 떠올랐습니다.

햇빛을 받은 인어 공주의 몸이 서서히 물거품으로 변하기 시작했습니다. 물거품은 곧 따스한 햇볕을 받아 공중으로 떠올랐습니다.

물거품이 된 인어 공주는 뱃머리에 나와 행복하게 웃고 있는 왕자

에게 다가갔습니다.
그러고는 시원한
바람처럼 왕자의
이마에 살짝 입맞춤을
하고는 하늘 높이 날아
갔습니다.

The Emperor's New Clothes

벌거벗은 임금님

# 벌거벗은 임금님

옛날 어느 나라에 옷을 좋아하는 임금님이 있었습니다. 예쁜 옷을 몇 벌이고 만들게 하여 매일 한 시간마다 갈아입을 정도였습니다.

"오늘은 어떤 옷을 입을까?"

임금님의 머릿속에는 항상 아름다운 옷 생각으로 가득 차 있었습니다.

그러던 어느 날, 두 사람이 임금님을 찾아와 말했습니다.

"저희는 옷을 만드는 직공입니다. 그러나 보통 옷을 만들지는 않지요."

"그럼 어떤 옷을 만든다는 것이냐?"

"이 세상에서 가장 아름답고 귀한 옷을 만들지요. 빛깔과 무늬는 이 세상 것이라고 할 수 없을 만큼 훌륭하고, 또 머리가 나쁜 사람이나 쓸모없는 사람의 눈에는 보이지 않는 신비한 옷이랍니다."

"그런 옷이 있다니 참으로 신기하구나. 만약 그런 옷을 해 입는다면 내 주위의 사람들이 바보인지 똑똑한지, 또 쓸모 있는 사람인지 아닌지 가려낼 수 있겠구나. 돈은 얼마든지 줄 테니 어서 옷을 만들도록 하여라."

임금님은 두 직공에게 많은 돈을 주었습니다.

두 직공은 밤늦게까지 일을 하는 척했습니다. 하지만 사실 두 사람은 소문난 사기꾼으로, 돈을 벌 욕심으로 거짓말을 한 것이었습니다.

아무것도 모르는 임금님은 신기한 옷이 보고 싶

어 견딜 수가 없었습니다.

"얼마나 만들었을까? 가서 보고 올까? 바보나 쓸모없는 사람에게는 옷이 보이지 않는다고 했지? 혹시 보러 갔다가 내 눈에 보이지 않으면 어떡하지?"

임금님은 곰곰이 생각한 끝에 나이 많고 정직한 신하를 불렀습니다.

"옷이 얼마나 만들어졌는지 보고 오시오."

신하는 옷 만드는 방으로 가면서 생각했습니다.

'나는 부끄러운 짓을 한 적 없고 정직하게 살아 왔으니 옷이 보이겠지.'

신하는 안심하고 방문을 열었습니다.

그런데 이게 웬일일까요? 방 안의 베틀은 텅 비어 있었습니다.

깜짝 놀란 신하는 눈을 끔벅거리며 다시 보았지

만 마찬가지였습니다.

'이럴 수가! 내가 바보란 말인가. 아니면 쓸모없는 사람이란 말인가.'

두 직공은 갑자기 들이닥친 신하를 보고 깜짝 놀라는 듯하더니 곧 침착하게 말했습니다.

"어서 오십시오. 어떻습니까, 옷감의 빛깔과 무늬가 참으로 아름답지요?"

두 직공은 베틀에 옷감이 있는 것처럼 만지는 시늉을 하였습니다.

당황한 신하는 서둘러 거짓말을 하였습니다.

"허허, 참으로 훌륭한 옷감이오. 이런 빛깔과 무늬는 처음 보는군. 임금님도 기뻐하실 것이오."

신하는 임금님에게 가서 세상에서 처음 보는 훌륭한 옷감이 완성되었다고 거짓말을 했습니다.

"빨리 옷을 입어 보고 싶군."

임금님은 기뻐하며 두 직공에게 더 많은 돈을 갖다주라고 했습니다.

  며칠 후, 임금님은 옷이 완성되었다는 말을 듣고 신하와 함께 옷이 있는 방으로 찾아갔습니다.

  '아니, 아무것도 안 보이잖아!'

  임금님은 놀라며 당황해했습니다.

  그때 신하가 여유 있게 웃으며 말했습니다.

  "임금님, 정말 아름답고 훌륭한 옷입니다."

  임금님은 억지로 웃음을 지었습니다.

  임금님은 옷을 살피기라도 하는 것처럼 훑어보더니 아주 만족스러운 표정으로 말했습니다.

  "아주 훌륭해! 빨리 이 옷을 입어 보고 싶구나."

  옆에 있던 신하가 한술 더 떠서 말했습니다.

  "폐하, 이 옷을 입고 거리 행차를 하시는 것이 어떻겠습니까?"

임금님은 고개를 끄덕이며 찬성했습니다.

드디어 임금님이 거리 행차를 하는 날이 되었습니다. 두 직공은 각자 가위와 바늘을 손에 들고 옷을 치켜드는 척하며 말했습니다.

"폐하, 이 옷은 가볍기가 거미줄 같아서 입으셨을 때 아무런 느낌이 없을 것입니다."

임금님이 입고 있던 옷을 벗자 두 직공은 임금님에게 옷을 입혀 주는 시늉을 했습니다.

옷을 다 입은 임금님은 거울에 자신의 모습을 비추어 보았습니다.

'아니, 이럴 수가…….'

임금님의 눈에는 아무것도 걸치지 않은 알몸만이 보였습니다.

'내 눈에는 보이지 않지만 신하들은 보이겠지?'

임금님은 신하들 앞으로 나아갔습니다.

"폐하, 참으로 훌륭한 옷입니다."

"폐하, 이렇게 아름답고 기품 있는 옷은 처음 봅니다."

신하들은 다투어 말했습니다. 물론 모두 거짓말이었지만 어리석은 임금님은 안심한 듯이 웃으며 말했습니다.

"자, 어서 거리로 나가세."

임금님이 새 옷을 입고 행차를 한다는 소문을 듣고 많은 사람들이 일찍부터 거리로 나와 기다리고 있었습니다.

"신기한 옷이라서 똑똑하지 않은 사람이나 쓸모없는 사람의 눈에는 보이지 않는대요."

"거미줄처럼 가볍다면서요?"

사람들은 신기한 옷을 보려고 구름처럼 몰려들었습니다.

드디어 마차를 타고 오는 임금님이 보였습니다.

"······."

임금님을 본 사람들이 일제히 입을 다물었습니다. 시끌시끌하던 거리가 갑자기 조용해졌습니다. 사람들은 눈을 비비고 고개를 갸우뚱거렸습니다.

'도대체 어떻게 된 거지. 나는 왜 옷이 안 보일까?'

사람들은 무슨 말이라도 하고 싶었지만 자기 눈에 옷이 보이지 않는다는 걸 다른 사람이 눈치챌까 봐 아무 말도 하지 못했습니다.

그때였습니다. 한 아이가 나무 위에서 큰 소리로 웃으며 소리쳤습니다.

"임금님은 벌거숭이다. 아무것도 입지 않았어. 하하 하하, 우습다!"

그 순간 사람들은 깜짝
놀랐습니다.
한편으로
는 속이
다 시원했
습니다.
"저 애 말이 맞아."
"그래, 임금님은 아무것도 입
지 않은 거야."

사람들은 모두 큰 소리로 웃기 시작했습니다.

임금님은 그제야 두 사기꾼에게 속았다는 것을
알아챘습니다.

'어찌할꼬. 행차를 그만둘 수도 없고.'

임금님은 붉어진 얼굴을 하고도 당당하게 걸었
습니다.

뒤를 따르는 신하 역시 있지도 않은 긴 옷자락
을 잡은 듯이 천천히 걸었습니다.

The Five Peas

다섯 알의 완두콩

## 다섯 알의 완두콩

콩깍지 속에 초록빛 완두콩 다섯 알이 살고 있었습니다. 모두 바깥세상을 그리워했습니다.

"언제까지 답답하게 이 속에 있어야 하는 거야? 아무래도 바깥세상이 재미있을 것 같아."

"바깥세상은 모두 초록빛일 거야."

완두콩들은 틈만 나면 바깥세상에 대해 이야기

를 나누었습니다.

시간이 흘러 초록빛 완두콩은 노랗게 변해 갔습니다. 콩깍지도 노랗게 변했습니다.

"세상이 노랗게 변했다!"

완두콩 하나가 소리치자 콩깍지가 툭 떨어지면서 어디론가 움직였습니다.

"어, 캄캄해."

콩깍지는 누군가의 주머니 속으로 들어갔습니다.

완두콩들은 어서 빨리 콩깍지가 터지기만을 기다렸습니다.

그때 톡, 하고 콩깍지가 터지면서 완두콩 다섯 알은 모두 밖으로 나왔습니다.

"여기가 어딜까?"

그곳은 남자아이의 손바닥이었습니다.

개구쟁이 남자아이는 장난기 어린 목소리로 말

했습니다.

"완두콩은 장난감 총알로 딱 좋아."

남자아이는 완두콩 하나를 장난감 새총에 재어 힘껏 쏘았습니다.

펑!

"나는 넓은 세상으로 날아간다, 안녕!"

첫 번째 완두콩은 크게 소리치며 어디론가 날아가 버렸습니다.

남자아이는 두 번째 완두콩을 쏘았습니다.

"나는 해님 속으로 날아간다!"

두 번째 콩도 크게 소리치고 어디론가 튕겨져 나갔습니다.

세 번째와 네 번째 완두콩은 게으름뱅이였습니다.

"우리는 천천히 굴러가고 싶은데……"

남자아이는 완두콩을 또 새총에 재어 아무 데나 쏘아 버렸습니다. 마지막 콩도 힘껏 쏘았습니다.

"나는 아무 데나 좋아."

마지막 완두콩이 떨어진 곳은 어느 다락방의 창문틀이었습니다. 그곳 틈새에는 축축한 이끼와 흙이 있었습니다. 완두콩은 정말 다행이라고 생각했습니다.

낮에도 어두컴컴한 다락방에는 가난한 엄마와 딸이 살고 있었습니다. 딸은 오랫동안 병을 앓고 있어서 얼굴이 창백했고, 항상 누워 있었습니다.

엄마가 낮에는 일하러 나가기 때문에 딸은 오랜 시간 어두운 방에 혼자 누워 있어야 했습니다.

일을 마치고 돌아온 엄마는 힘들어도 매일같이 딸을 정성껏 간호했습니다. 그리고 매일 밤 딸을 위해 두 손을 모으고 기도했습니다.

"하느님, 제 딸이 건강해질 수 있도록 보살펴 주십시오."

하지만 엄마의 정성스러운 기도에도 불구하고 딸의 병은 조금도 나아지지 않았습니다.

어느 날 아침, 따사로운 햇살이 다락방의 조그만 창문으로 들어왔습니다.

"엄마, 저게 뭐예요? 초록빛이 흔들거리고 있어요."

딸이 호기심 어린 목소리로 물었습니다.

엄마가 창문으로 다가가 살펴보더니 말했습니다.

"어머나, 완두콩 싹이네. 어떻게 이런 좁은 틈에서 싹을 틔웠을까?"

엄마는 신기해하며 콩잎이 잘 보이도록 딸의 침대를 창가에 붙여 주었습니다. 며칠 후, 엄마는 딸과 함께 완두콩 줄기가 잘 자랄 수 있도록 막대기

를 세워 주었습니다. 엄마와 딸의 바람대로 완두
콩은 쑥쑥 자랐습니다.

어느 날, 엄마가 일을 마치고 돌아왔을 때 딸이
들뜬 목소리로 말했습니다.

"엄마, 내 병이 나을 것 같다는 생각이 들어요.

왜냐하면 해님이 따뜻한 햇볕을 비춰 주고, 초록
빛 콩도 쑥쑥 자라고 있잖아요."

"그래, 그러면 정말 고마운 일이지."

엄마는 즐거워하는 딸을 보니 마음이 놓였습니다.

그러던 어느 날 아침이었습니다.

"어머나, 꽃이 피었네!"

엄마가 반갑게 말했습니다.

딸은 기쁜 표정으로 침대에서 일어나 연분홍빛
완두콩 꽃을 보았습니다.

"하느님, 감사합니다."

엄마는 환하게 웃는 딸의 얼굴을 보면서 마음속
으로 기도했습니다.

The Goblin and The Huckster

도깨비는 무엇이 좋은가

# 도깨비는 무엇이 좋은가

어느 집 다락방에 대학생이 살고 있었습니다.

집 주인은 일층에 살았는데, 이리저리 돌아다니며 물건을 파는 도붓장수였습니다.

이 집에는 도깨비도 살았는데 도붓장수를 좋아했습니다. 달고 부드러운 잼을 얻어먹을 수 있기 때문입니다.

어느 날 저녁, 대학생이 물건을 사려고 일층 가게로 내려왔습니다.

"양초하고 치즈 좀 주세요."

"여기 있어요."

부인이 물건을 종이에 싸서 주었습니다.

"고맙습니다. 많이 파세요."

인사를 하고 가게를 나오던 대학생은 걸음을 멈추고 무언가를 열심히 보고 있었습니다.

"무얼 그렇게 보세요?"

부인이 물었습니다.

"아 예, 여기 글을 읽고 있습니다."

대학생은 물건을 싸준 종잇조각을 읽고 있었던 것입니다. 그것은 오래된 시집이었습니다.

"그 책 나머지는 저기 있다네. 어느 노인에 커피를 좀 주고 얻은 걸세. 책이 필요하면 6펜스에 사가게."

도붓장수가 말했습니다.

"그럼, 치즈 대신 책을 주세요. 치즈가 없어도 빵은 먹을 수 있으니까요. 그리고 책을 찢지 마세요. 아저씨는 지혜도 있으시고 장사도 잘하시는데, 시에 대해서는 저기 있는 물통보다도 못하군요."

아저씨를 물통하고 비교하다니? 말이 지나쳤지요. 하지만 도붓장수는 크게 웃었습니다. 대학생이 농담으로 한 말이라는 것을 알기 때문입니다. 대학생도 따라 웃었습니다.

하지만 대학생의 이 말을 들은 도깨비는 기분이 좋지 않았습니다.

'우리 주인님에게 버릇없이 얘기를 하다니……'

밤이 깊었습니다. 집 안에는 불이 꺼졌는데, 다락방만 불이 켜져 있었습니다.

도깨비는 주인이 자고 있는 방으로 슬며시 들어갔습니다. 주인은 곤하게 잠들어 있었습니다. 잠이 들었을 때는 필요 없는 게 있지요. 바로 '혀'입니다.

도깨비는 주인의 혀를 떼어 냈습니다. 어떻게 혀를 떼냐고요? 도깨비이기 때문에 가능한 일이지요.

집 안에는 여러 가지 물건이 있습니다. 도깨비가 어떤 물건에 혀를 갖다 놓으면 말을 하게 됩니다. 후후, 신기하지요?

"어떤 물건에게 말을 시켜 볼까?"

휘 둘러보던 도깨비는 혀를 물통에 올려놓았습니다. 물통에는 오래된 신문이 가득 들어 있었습니다.

"너는 시가 무엇인지 아니?"

"알고말고. 시는 항상 신문 한 귀퉁이에 나오지. 사람들이 가끔 가위로 오리기도 하고. 시에 대해서는 내가 대학생보다 더 잘 알아."

"후후, 그렇구나."

도깨비는 커피 기구, 돈 상자, 방망이 등에게 혀를 갖다 놓고 똑같이 물었습니다. 그런데 그들 모

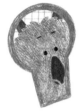

두 물통과 같은 말을 했습니다.

"좋아, 그럼 대학생에게 가서 물어봐야지."

도깨비는 다락방으로 올라갔습니다. 불빛이 환하게 비쳐 나왔습니다.

도깨비는 열쇠 구멍으로 안을 들여다보았습니다. 대학생은 열심히 책을 보고 있었습니다. 가게에서 사 온 찢어진 시집이었습니다.

'촛불 하나 켜 놓았는데 방 안이 대낮처럼 환하네.'

도깨비는 다시 구멍으로 안을 살펴보았습니다. 책에서 밝은 빛이 쏟아지는데, 그 빛줄기는 커다란 나무 모습을 하고 있었습니다. 잎은 싱싱하고, 꽃은 아름다웠으며, 열매는 별처럼 반짝거렸습니다. 그리고 방 안 가득 아름다운 소리가 울려 퍼졌습니다.

'와, 정말 멋져. 상상할 수조차 없는 광경이야.'

도깨비는 다락방의 촛불이 꺼질 때까지 방 안을 들여다보았습니다. 방 안은 캄캄한데 음악 소리는 멈추지 않고 들렸습니다. 마치 대학생을 위한 자장가처럼 부드럽고 잔잔했습니다.

"정말 특별한 다락방이군. 매일 밤 이곳에 와서 대학생과 같이 지내는 게 좋겠어."

도깨비는 곰곰 생각하다가 고개를 저었습니다.

"아냐. 참 좋은데 대학생은 맛있는 잼이 없단 말이야."

도깨비는 가게로 내려 왔습니다.

그런데 물통이 계속 말을 하고

있었습니다. 한쪽 가슴에 있는 말을 다 하고 막 다른 쪽 가슴에 있는 말을 할 참이었습니다.

"내가 정신이 없었군. 물통에 혀를 얹어 놓고 갔으니."

얼른 혀를 집어 보니 많이 닳아 있었습니다.

"이런이런."

도깨비는 혀를 주인에게 돌려주었습니다.

그 후, 가게 물건들에게 이상한 점이 발견되었습니다. 그날 물통이 말을 많이 해서인지 여러 물건들은 물통을 우러러보게 되었습니다. 도붓장수가 신문을 읽고 얻은 지식이나 상식을 물통이 한 말이라고 믿게 되었습니다.

그러거나 말거나 도깨비는 자꾸만 다락방에 가고 싶어졌습니다. 밤이 깊어 주위의 불은 다 꺼지고 다락방 불빛만 살아 있었습니다. 그러면 도깨비는 살금살금 다락방으로 올라가 열쇠 구멍으로 방 안을 들여다보았습니다. 처음에 보았던 그 장면 그대로였습니다. 책을 읽는 대학생의 얼굴은 평화롭고 행복해 보였습니다.

'아, 나도 저 나무 아래서 대학생과 함께 책을 읽으면 얼마나 좋을까!'

하지만 도깨비는 그럴 수 없었습니다. 열쇠 구멍으로 그 모습을 보는 것만으로도 만족하고 고마웠습니다.

도깨비는 찬 바람이 부는 밤에도 다락방 계단을 떠나지 못했습니다. 다락방 불이 꺼지고 음악 소리가 멈추면 그제야 계단을 내려왔습니다.

어느덧 크리스마스가 되었습니다.

도깨비는 이때가 가장 기다려졌습니다. 주인에게 커다란 버터와 잼을 얻어먹을 수 있기 때문입니다.

"역시 도붓장수가 최고야."

그러던 어느 날 밤, 밤이 깊은데 밖이 소란스러웠습니다. 누군가 쾅쾅 대문을 두드리고 삑삑 호각 소리가 들렸습니다.

"불이야, 불이야."

여럿이 고함치는 소리가 들렸습니다.

도깨비는 허둥지둥 밖으로 나갔습니다. 마을이 불에 타고 있었습니다.

도붓장수 부인은 집 안으로 들어가 보석을 챙겼습니다. 도붓장수는 가게로 뛰어 들어가 서류를 챙겼습니다. 사람들은 저마다 자기가 가장 아끼는 것을 챙기느라 허둥거렸습니다.

　도깨비는 무엇을 챙길까 생각했습니다. 문득 다락방 생각이 났습니다. 단숨에 계단을 뛰어 올라갔습니다.

　"학생, 학생!"

　도깨비가 외쳐 불렀습니다. 하지만 도깨비가 외치는 소리를 들을 리 없었습니다.

　대학생은 조용히 앉아서 맞은편 집이 활활 타는 것을 바라보고 있었습니다.

　도깨비는 얼른 책상 위에 있던 찢어진 시집을 집어 자기가 쓰고 있는 고깔모자 속에 넣었습니다.

"후유, 이제 되었어."

다락방에서 가장 값진 보물을 불길에서 구한 것입니다.

도깨비는 지붕으로 올라가 굴뚝 위에 앉았습니다. 활활 타오르는 불길이 도깨비를 삼킬 듯이 다가왔습니다.

"보물은 내가 지켜야 해."

얼마 후 마침내 불길이 꺼졌습니다.

그때까지 도깨비는 굴뚝 위에 앉아 있었습니다. 무언가 깊은 생각을 하고 있었습니다.

한참 후, 도깨비는 결심을 한 듯 이렇게 중얼거렸습니다.

"두 사람 다 좋아. 잼과 버터가 있는 도붓장수를 포기할 수는 없지."

The Hans Stupid

바보 한스

# 바보 한스

시골에 커다란 정원을 가진 성주가 살았습니다. 나이 든 성주에게는 똑똑한 아들 둘이 있었습니다. 두 아들은 공주와 결혼하고 싶어 했습니다. 그런데 임금은 재치 있게 말을 잘하는 사람을 공주와 결혼시키겠다고 발표하였습니다.

성주는 두 아들을 불렀습니다.

"공주와 만날 날이 일주일밖에 남지 않았구나. 하지만 걱정하지 않아도 된다. 너희들은 많은 지식을 알고 있고, 머리가 좋으니 준비를 잘할 수 있다."

첫째 아들은 두꺼운 백과사전을 달달 외울 정도로 공부를 잘했습니다.

둘째는 나라의 법에 관한 법전을 달달 외울 정도였습니다.

"내가 공주의 남편이 될 거야."

두 아들은 서로 장담했습니다.

마침내 공주를 만나러 가는 날이 되었습니다.

성주는 첫째 아들에게 검은 말을 주었습니다. 둘째에게는 하얀 말을 주었습니다. 두 말 모두 튼튼하고 잘 달리는 명마였습니다.

"자, 말이 술술 나오게 기름도 바르거라."

성주는 손수 두 아들 입가에 기름을 발라 주었

습니다.

"자, 이제 떠나거라."

두 아들이 인사를 하고 말에 올라탔습니다. 하인들이 마당에 줄지어 서서 주인 아들들을 배웅하였습니다.

그때였습니다.

"아버지, 저도 갈래요."

셋째 아들이 달려 나오며 소리쳤습니다.

아, 지금까지 왜 두 아들 얘기만 하고 셋째 얘기는 안 했는지 궁금하지요?

성주는 똑똑하지 못한 셋째를 아들로 취급하지 않았습니다. 집안 식구들은 셋째를 '바보 한스'라고 불렀습니다.

"저런 칠칠하지 못한 녀석 같으니."

성주가 혀를 찼습니다.

"형들아, 말 타고 어디 가는 거야?"

"궁궐에 공주님을 만나러 간다."

"공주님? 왜 만나는데."

한스가 자꾸 묻자 형들은 번갈아 가며 만나러 가는 이유를 말해 주었습니다.

"그런 일이라면 나도 갈래."

"뭐? 바보 네가."

두 형은 큰 소리로 웃었습니다.

"뭣들 하느냐. 어서 떠나거라."

성주의 말에 두 아들은 말을 몰아 떠났습니다.

"아버지, 저에게도 말을 내주세요. 저도 공주님과 결혼하고 싶어요."

성주는 기가 막혔습니다.

"어리석은 소리 그만하거라. 너는 말도 잘 못 하고 아는 것도 없지 않느냐"

"그래도 가고 싶어요. 좋아요. 말을 주지 않으면 염소라도 타고 가겠어요. 염소는 제 것이니까 상관없지요?"

한스는 염소 등에 올라탔습니다.

"염소야, 궁궐로 가자."

한스가 큰 소리로 외쳤습니다.

매매, 염소가 울면서 달리기 시작했습니다.

한편 앞서 떠난 두 형제는 서로에게 말 한마디도 하지 않았습니다. 무슨 재치 있는 말을 할까? 말을 타고 가면서도 그 생각뿐이었습니다.

"이 세상 지식은 모두 백과사전에 나와 있으니 걱정 없어."

첫째의 생각이었습니다.

"이 세상 모든 법규는 법전에 나와 있으니 걱정 없어."

둘째의 생각이었습니다.

한스는 염소를 몰아 형들을 따라잡았습니다.

"형, 형. 나도 왔어."

뒤를 돌아본 두 형은 깜짝 놀랐습니다. 염소를 타고 오는 한스가 우스꽝스러웠습니다.

"그런데 손에 쥐고 있는 건 무엇이냐?"

큰형이 물었습니다.

"아, 이거 죽은 까마귀야.
길에서 주운 거야."

"죽은 까마귀라고, 그걸
왜 가지고 가는데?"

"공주님께 드리려고."

두 형은 한심하다는 듯이 웃었습니다.

"둘째야, 안 되겠다. 빨리 달리자."

두 형은 한스와 같이 가는 것이
창피하여 말을 빨리 몰았습니다.

그런데 한스가 타고 있는
염소는 다시 형들의 말을
따라잡았습니다.

"형, 형. 이것 좀 봐.
오다가 땅에 버려진 보물을

주웠어.”

두 형은 그게 무엇인가 돌아보았습니다.

“아니, 저건 낡은 나막신이잖아. 그것도 공주님
에게 바칠 것이냐?”

둘째가 비웃으며 물었습니다.

“그럼. 공주님이 좋아하시겠지?”

형들은 말채찍을 휘둘렀습니다. 그러나 조금 후
에 한스가 쫓아왔습니다.

“형, 형. 이것 좀 봐. 정말 신기한 거야.”

한스가 소리쳤습니다.

“에이 귀찮아. 이번엔 또 뭐야?”

두 형이 똑같이 소리쳤습니다.

“이것 좀 봐.”

한스가 치켜들어 보여 준 것은 논에 있는 진흙
이었습니다.

"흙이 아주 고와서 손가락 사이로 술술 빠져."

형들은 이번에는 웃지 않았습니다. 하는 짓이 너무 한심했기 때문입니다.

형들은 성에 도착했습니다. 성문 앞에는 이미 번호표를 받고 줄을 선 사람들이 끝이 안 보였습니다. 두 형도 간신히 번호표를 받고 줄을 섰습니다.

"누가 공주님의 신랑이 될까?"

구경꾼이 몰려와 발 디딜 틈이 없었습니다.

줄을 선 사람들은 모두 들뜬 모습이었습니다. 공주가 과연 무슨 말을 할까? 어떻게 재치 있는 말을 할까? 차례대로 한 사람씩 공주가 있는 방으로 들어갔습니다.

그런데 공주를 만나고 나오는 사람들의 표정을 보니 가지각색이었습니다. 얼굴이 붉어진 사람,

머쓱한 표정을 짓는 사람, 고개를 갸우뚱거리는 사람, 머리를 긁적이는 사람, 가슴을 탁탁 치는 사람, 한숨을 내뱉는 사람. 모두 뜻대로 안 되었다는 표정과 몸짓이었습니다.

드디어 백과사전을 달달 외는 첫째 형의 차례가 되었습니다. 큼큼, 목을 가다듬고 공주 방으로 들어가는데 갑자기 눈앞이 깜깜했습니다. 백과사전 내용이 아무것도 생각나지 않았습니다.

공주 주위에는 구혼자들이 하는 이야기를 받아 적는 서기들이 있었습니다.

첫째 형은 온몸이 굳어졌습니다. 방에는 난로를 피워 공기가 더웠습니다.

"방 안이 무척 덥군요."

첫째 형이 겨우 말문을 열었습니다.

"아버님이 오늘 수탉을 굽고 있어서 그렇습니

다.”

공주가 대답했습니다.

첫째는 그다음 말을 잇지 못하고 우물쭈물했습니다.

“안 되겠습니다, 나가세요.”

공주가 잘라 말했습니다.

다음은 둘째가 들어갔습니다.

“아이고, 방 안이 무척 덥습니다.”

하고 말했습니다.

“네, 수탉을 굽는 중이거든요.”

공주가 대답했습니다.

“뭐, 뭐라고요. 뭘 한다고요?”

둘째가 더듬거렸습니다.

공주는 빠르게 “안 되겠어요, 나가 주세요.”라고 말했습니다.

재치 있게 말하는 사람이 이렇게 없는 걸까?

드디어 바보 한스 차례가 되었습니다.

한스는 염소를 타고 공주 방으로 들어갔습니다.

"아이고, 덥네요."

한스가 말했습니다.

"수탉을 굽는 중이거든요."

"아, 잘되었네요. 이 까마귀도 구울 수 있을까요?"

한스가 죽은 까마귀를 내보였습니다.

"그야 물론이지요. 그런데 튀길 그릇이 없네요. 여기 있는 냄비나 솥은 다 사용 중이라서."

"걱정할 것 없어요. 이 나막신을 사용하면 되겠 군요."

한스는 까마귀를 나막신 안에 넣었습니다.

"아, 그러면 되겠네요. 그런데 양념이 없으니 어 디서 구하지요?"

공주가 눈을 동그랗게 뜨며
말했습니다.

"공주님, 걱정하지 마십시오.
양념은 충분히 준비되어
있으니까요."

바보 한스는 주머
니에서 진흙을 꺼내어
공주에게 보여 주었습니다.

그러자 공주는 환하게 웃었습니다.

"당신은 정말 재치가 있군요. 자기 생각을 막힘
없이 말할 줄 알고요. 나는 당신과 결혼하겠어요."

한스는 그 말에 만세를 불렀습니다.

"그런데 지금 우리가 한 말은 모두 기록되어 세
상에 알려진답니다. 저기 서기 세 사람과 참사가
있지요. 참사는 아주 깐깐해서 우리 말을 이해하

지 못할 거예요."

공주는 일부러 한스에게 겁을 주려고 이렇게 말했습니다.

"그래요? 참사 나리가 높은 분이면 그만한 대접을 받아야지요."

한스는 크게 외치며 주머니에서 진흙을 꺼내어 참사 얼굴에 던져 버렸습니다.

"호호. 참 잘하셨어요. 나는 그렇게 하지 못해

요.”

　공주는 좋아서 호호 웃었습니다. 바보 한스도
좋아서 하하 웃었습니다.

The Flying Trunk

날아다니는 가방

# 날아다니는 가방

옛날, 어느 마을에 아버지로부터 많은 재산을 물려받은 남자가 있었습니다.

남자는 아버지가 물려준 재산 덕분에 즐겁고 신나는 나날을 보냈습니다. 매일 밤 친구들을 불러 잔치를 벌였습니다. 그러다 보니 얼마 지나지 않아 돈 한 푼 남기지 않고 다 쓰고 말았습니다.

남자에게는 달랑 슬리퍼 한 켤레와 잠옷 한 벌만 남게 되었습니다. 그가 빈털터리가 되자 친구들은 하나둘 곁을 떠났습니다.

어느 날, 마지막까지 남자 곁에 남아 있던 친구가 그에게 크고 낡은 가방 하나를 주었습니다.

가방 안에 넣을 것이 아무것도 없었던 남자는 엉뚱한 생각을 하였습니다.

"할 수 없군. 내 몸이라도 넣어야지."

남자는 잠옷 차림으로 가방 속에 들어갔습니다. 그런데 이상하게도 자물쇠가 가방 안쪽에 있었습니다. 남자가 자물쇠를 누르자 갑자기 가방이 하늘로 날아올랐습니다.

"야, 날아다니는 가방이잖아!"

가방은 남자를 태우고 하늘 높이 날아올라 높은 굴뚝과 구름을 뚫고 멀리멀리 날아갔습니다.

휘익, 씽씽!

한참을 날아가던 가방이 드디어 멈추었습니다.

남자는 자물쇠를 열고 조심조심 밖으로 나왔습니다. 그곳은 '터키'라는 나라였습니다.

"사람들이 모여 있는 곳으로 가 보자."

남자는 잠옷 차림이어서 조금 부끄러웠지만 가방을 숲속에 감추고 시내로 갔습니다.

그런데 거리를 지나다니는 사람들이 모두 남자가 입은 잠옷과 비슷한 옷을 입고 있었습니다. 알고 보니 잠옷같이 생긴 옷이 터키 사람들의 평상복이었던 것입니다.

남자는 길을 가다가 한 여인에게 물었습니다.

"저, 말 좀 묻겠습니다. 저기 보이는 큰 집에는 누가 살고 있습니까?"

"저곳은 임금님과 왕비님 그리고 공주님이 살고 계신 궁궐입니다. 공주님은 아름다운 분이신데, 결혼을 하면 불행해진다는 말을 듣고 아직까지 결혼을 하지 않았답니다."

남자는 공주를 만나고 싶어서 얼른 가방을 숨겨 둔 숲속으로 갔습니다.

남자가 가방 속으로 들어가자 가방은 궁궐로 날아가 공주의 방 창문으로 들어갔습니다.

공주는 깜짝 놀랐습니다.

"어머나, 이게 뭐지?"

그때 가방이 열리면서 낯선 남자가 나타나자 공주는 기겁을 하며 뒷걸음쳤습니다.

"공주님, 놀라지 마십시오. 저는 이 나라의 신령입니다. 아름다운 공주님을 뵙고자 하늘을 나는 가방을 타고 찾아온 것입니다."

남자의 거짓말에 속아 넘어간 공주는 안도의 한숨을 내쉬었습니다.

공주가 안심하자 남자는 다짜고짜 공주에게 말했습니다.

"공주님, 저는 아름다운 공주님과 꼭 결혼하고 싶습니다. 제 청혼을 받아 주십시오."

지금껏 결혼할 생각이 없었던 공주는 신령이라는 말에 마음이 흔들렸습니다.

"신령님, 결혼 문제는 저 혼자 결정할 수 없으니 내일 다시 와 주세요. 부모님께 허락을 받아야 하니까요. 참고로 부모님은 이야기를 잘하는 사람을 좋아한답니다. 어머니께서는 고상한 이야기를 좋아하시고, 아버지께서는 재미있는 이야기를 좋아하시지요."

"알겠습니다. 내일 다시 찾아오겠습니다."

가방을 타고 다시 숲속으로 돌아온 남자는 밤새 이야기를 지어 내느라 끙끙댔습니다.

"고상하고 재미있는 이야기라?"

다음 날, 왕과 왕비는 공주의 말을 듣고 신령이 나타나기만을 기다렸습니다.

드디어 남자가 가방을 타고 날아오자 왕비가 반갑게 맞으며 물었습니다.

"어떤 이야기를 해 줄 건가요?"

"나를 웃겨 줄 이야기도 준비가 되었느냐? 그렇다면 어서 시작해 보아라."

왕도 은근히 기대가 되는지 재촉했습니다.

남자는 큼큼 목소리를 가다듬고 이야기를 시작했습니다.

"제목은 '성냥 이야기'입니다."


옛날, 어두컴컴한 부엌 탁자 위에 성냥갑 한 통이 있었습니다. 성냥갑 속에 들어 있는 성냥개비들은 저마다 태어난 곳이 달랐습니다.

그중 한 성냥개비가 말했습니다.

"나는 원래 숲속에서 제일 큰 나무였어요. 나는 아침마다 다이아몬드 차를 마셨답니다. 다이아몬드 차라는 것은 수정처럼 맑은 이슬을 말하는 거예요. 날씨가 맑은 날에는 온종일 따사로운 햇살을 받으며 새들의 노랫소리를 들었지요. 그러던 어느 날, 한 나무꾼이 나에게 다가오더니 '이 녀석, 잘 자랐구나.'라고 말하는 거예요. 그 말이 내가 나무였을 때 들은 마지막 말이었어요. 그 후로 산산조각이 나고 말았으니까요. 굵은 몸통은 큰 배의 돛대가 되었고, 나뭇가지들은 나처럼 성냥이 되었지요."

성냥의 이야기가 끝나자 옆에서 듣고 있던 쇠 냄비가 말했습니다.

"나는 이 세상에 태어나서 하루에도 몇 번씩 뜨거운 불 위에 올려지고, 또 차가운 물에 씻긴답니다. 나는 무슨 일이든 잘할 자신이 있지만 우리 같은 쇠 냄비는 마당에 나갈 일도 없고 부엌에만 있으니 다른 일은 할 기회가 없지요. 그러나 바깥세상 소식은 누구보다 잘 알고 있답니다. 시장에 갔다 온

장바구니가 들려주거든요."

쇠 냄비의 이야기가 끝나자 부싯돌이 큰 목소리로
말했습니다.

"처량한 이야기 그만하고 오늘 밤은 즐겁고 재미
있게 보냅시다."

부싯돌이 딱딱 마주치자 불꽃이 튀었습니다.

그때 예쁜 사기그릇이 말했습니다.

"내가 즐거운 이야기를 해 드릴게요. 나는 바다가
보이는 조용한 집에서 어린 시절을 보냈답니다. 깨
끗하고 분위기 있는 집이었는데 가구들은 언제나
반들반들 윤이 났고, 커튼은 일주일마다 새것으로
바뀌었지요."

"야, 멋진걸!"

빗자루가 말하자 물통도 물을 튀기며 좋아했습니
다.

접시들도 덜그럭거리며 기뻐했습니다.

이번에는 부젓가락이 나섰습니다.

"나는 춤을 추겠어."

부젓가락이 겅중거리며 춤을 추었습니다.

한바탕 춤이 끝나자 모두가 주전자에게 노래하라고 시켰습니다. 주전자는 아쉬운 목소리로 말했습니다.

"이미 끓인 물이 가득 들어 있어서 지금은 안 돼요. 나는 물을 끓일 때만 노래를 할 수 있답니다."

"주전자가 노래를 못하면 새장 속에 있는 저 새에게 부탁해 보는 것은 어떨까요?"

낡은 펜의 말에 커다란 솥이 말했습니다.

"우리 동료도 아닌 새의 노래를 듣는 것은 좀 생각해 봐야 해요. 장바구니의 의견을 들어 봅시다."

"노래고 뭐고 지금 내 기분은 엉망이에요. 이렇게

야단법석을 떨면 어떻게 하자는 거예요. 집 안이 너무 어수선해졌으니 각자 제자리로 돌아가요."

장바구니가 화난 목소리로 말했습니다.

그때 부엌문이 열리고 주인아주머니가 들어왔습니다. 순간 모두들 자기가 제일 얌전하다는 듯이 입을 꼭 다물었습니다.

아주머니가 성냥으로 불을 켜자 주위가 환하게 밝아졌습니다.

성냥개비 하나가 자기도 모르게 외쳤습니다.

"이것 봐. 제일 훌륭한 것은 불꽃이라고!"

하지만 성냥이 다 타 버리자 주위는 다시 어두워졌습니다.


남자의 이야기가 끝이 나자 왕비는 매우 즐거워하며 말했습니다.

"재미있었어요. 내가 마치 성냥개비 옆에 있는 것 같은 느낌이 들었어요. 우리 공주의 신랑감으로 마음에 드는군요."

임금님도 크게 만족해하며 공주와의 결혼을 허락해 주었습니다.

결혼식 전날 밤에 축제가 열렸습니다.

"신령 체면도 있는데 뭔가 깜짝 놀랄 만한 일을 해 보자."

남자는 불꽃놀이 재료들을 잔뜩 사 가지고 가방 속으로 들어갔습니다. 가방이 하늘 높이 날아오르자 사나이는 가방을 살짝 열고 불꽃을 터뜨렸습니다.

마치 하늘나라에서 아름답고
화려한 불꽃 잔치가
벌어진 것 같았습니다.
  사람들은 불꽃을 보고
무척 기뻐했습니다.
  다시 땅으로 내려온 남자는
가방을 숲속에 감추고 거리
로 나가 보았습니다.

거리는 온통 신령 이야기로 떠들썩했습니다.

"하늘을 나는 신령님을 봤어."

"신령님께서 불 외투를 입으셨더라고."

"신령님은 별처럼 반짝거리는 눈과 긴 수염을 달고 있었어."

남자는 매우 기뻤습니다. 공주와 결혼한다는 생각에 마음은 풍선처럼 부풀어 올랐습니다.

남자는 숲속으로 돌아와 가방을 숨겨 둔 곳으로 갔습니다. 그러나 가방이 있던 자리에는 시커먼 재만 남아 있었습니다.

"아니, 가방이 어디로 갔지?"

남자는 곰곰이 생각해 보았습니다.

"아! 불꽃의 불똥이 남아 있다가 가방을 태웠나 보다. 큰일 났네. 가방이 불에 타 버렸으니 이제 날 수도 없고, 신령 행세도 더 이상 못 하게 되었어."

남자는 땅바닥에 털썩 주저앉았습니다.

다음 날, 공주는 예쁘게 치장하고 남자가 가방을 타고 날아오기만을 기다렸습니다. 그러나 남자는 나타나지 않았습니다.

공주는 다음 날도, 그다음 날도 기다렸으나 남자는 끝내 오지 않았습니다.

뜻밖의 행운을 작은 불꽃 때문에 놓쳐 버린 남자는 다시 잠옷과 슬리퍼 차림으로 이곳저곳을 방황하는 신세가 되었습니다.

The Tinder Box

신기한 부싯깃 통

# 신기한 부싯깃 통

긴 칼을 찬 병사가 길을 걷고 있었습니다. 그는 전쟁터에서 집으로 돌아오는 길이었습니다.

"아, 고향이 그립구나."

부지런히 걷고 있는데 휙 바람 소리를 내며 늙은 마녀가 나타났습니다.

"안녕하시오, 긴 칼을 찬 병사."

"누구시오?"

"후후, 돈이 필요하지 않나? 내 말만 들으면 원하는 만큼 돈을 갖게 해 주지."

병사는 귀가 솔깃해졌습니다.

"예, 무슨 말인지 해 보시오."

"저기 큰 나무가 보이지?"

마녀가 나무를 가리켰습니다.

"저 나무 속은 텅 비어 있지. 내가 밧줄로 몸을 매어 줄 테니 구멍 속으로 들어가게. 일을 끝내고 나를 부르면 내가 밧줄을 끌어당겨 줄 테니."

"구멍 속에 들어가서 내가 할 일이 무엇이오?"

"후후, 지금부터 할 일을 얘기할 테니 잘 들어 보게."

마녀는 쭈글쭈글한 얼굴에 웃음을 띠며 할 일을 일러 주었습니다.

그 일은, 나무 밑바닥으로 들어가면 방이 세 개 있는데 첫 번째 방에 들어가면 한가운데 큰 상자가 있고, 상자 위에는 개 한 마리가 왕방울만 한 눈을 부릅뜨고 앉아 있는데 무서워하지 말고 마녀가 주는 앞치마 위에 앉히면 공손해지니 그때 큰 상자를 열고 원하는 만큼 구리 동전을 꺼낼 수 있다고 하였습니다.

은화도 갖고 싶다면 두 번째 방으로 들어가면 이번에는 대접만 한 눈을 가진 개가 있는데, 역시 앞치마 위에 앉히고 상자에서 원하는 만큼 은화를 꺼내면 된다고 하였습니다.

금화를 갖고 싶다면 세 번째 방으로 들어가면 대야만 한 눈을 가진 개가 있고 역시 앞치마 위에 앉히면 공손해지니 그때 상자에서 원하는 만큼의 금화를 꺼내 오면 된다고 하였습니다.

이야기를 다 듣고 난 병사는 그런 일쯤 얼마든지 할 수 있다고 말했습니다.

"좋아요. 그런데 할멈이 바라는 것은 무엇이오?"

"후후, 눈치가 빠르군. 나는 돈은 필요 없네. 대신 부싯깃 통을 가져다주면 되지. 옛날에 우리 할머니가 깜빡하고 거기에 두고 왔거든."

"좋아요. 시키는 대로 할 테니 어서 내 몸을 밧줄로 감으세요."

마녀는 재빨리 병사의 몸을 튼튼한 밧줄로 묶고, 개를 앉힐 앞치마를 내주었습니다.

"자, 어서 나무 구멍 속으로 들어가 일을 해 주게. 내가 말한 대로 차례로 하고, 부싯깃 통 가져오는 것 잊지 말고."

병사는 나무 구멍 속으로 들어가 아래로 내려갔습니다. 마녀가 말한 대로 첫 번째 방, 두 번째 방을 차례로 들어가 구리 동전과 은화를 갖고 싶은 만큼 꺼냈습니다. 물론 눈이 큰 개들은 앞치마 위에 앉히자 공손해져 무섭지 않았습니다.

마지막 방에서는 구리 동전과 은화를 버리고 대신 금화를 꺼내 배낭에 채웠습니다. 호주머니와 장화, 모자에까지 금화를 잔뜩 넣었습니다.

"이 돈이면 무엇이든 살 수 있을 거야. 난 부자가 된 거야."

병사는 마지막으로 부싯깃 통을 찾았습니다.

"다 되었소. 밧줄을 당겨 주시오."

병사가 소리치자 마녀는 낄낄거리며 밧줄을 당겼습니다. 병사는 무사히 밖으로 나왔습니다.

"시킨 일을 아주 잘했군. 원하는 대로 돈을 가졌으니 부싯깃 통은 이리 주게."

"좋아요. 그런데 궁금한 게 하나 있소. 이 부싯깃 통으로 무엇을 할 것인지 알려 주시오."

"그건 안 돼."

마녀는 딱 잘라 말했습니다.

"알려 주지 않으면 줄 수 없소."

"안 된다고."

마녀가 소리를 꽥 질렀습니다.

병사는 마녀를 긴 칼로 찌르고 부싯깃 통을 가지고 도시로 도망쳤습니다.

도시는 사람도 많고 복잡하고 화려했습니다. 병사는 당장 좋은 옷과 구두를 사서 차려입었습니다. 이제 멋진 신사가 되었습니다. 맛있는 음식을 사 먹고 돈을 펑펑 썼습니다. 사람들은 병사와 친해지려고 했습니다. 병사의 환심을 사려고 도시에서 일어나는 여러 가지 이야기를 들려주었습니다.

어느 날, 병사는 공주에 관한 이야기를 들었습니다. 왕이 점을 보았는데 공주가 평범한 사람과 결혼을 할 것이라는 예언을 듣고 공주를 아무도 모르는 성에 가두고 바깥세상에 나가지 못하게 한다는 것입니다.

"공주님을 한번 볼 수 없을까?"

병사는 많은 사람을 사귀고, 가난한 사람들에게 돈을 나누어 주었습니다. 사람들은 정말 멋진 신사라고 병사를 칭찬했습니다.

하지만 얼마 가지 않아 돈은 바닥이 나고 말았

습니다. 벌지는 않고 쓰기만 했기 때문입니다. 이제 남은 돈이라곤 금화 두 닢뿐이었습니다.

가난뱅이가 된 병사는 다락방에 살았습니다. 구두도 직접 닦고 끼니도 걸렀습니다. 찾아오는 친구나 사람도 없었습니다.

어느 날, 불도 켜지 못하고 컴컴한 방에 앉아 있던 병사는 문득 부싯깃 통 생각이 났습니다. 부싯깃 통에서 부싯돌을 꺼내어 쇠에 문질렀습니다. 그러자 팍 하고 불꽃이 일며 개 한 마리가 나타났습니다.

"으악, 깜짝이야."

나무 구멍 속에서 보았던 눈이 왕방울만 한 개였습니다.

"부르셨습니까, 주인님. 무엇이든 분부를 내리십시오."

'이게 신기한 부싯깃 통이구나. 원하는 것을 말하면 들어주는 모양이군.'

병사는 개에게 명령했습니다.

"돈을 가져오너라."

휘익, 바람 소리를 내며 사라진 개는 눈 깜짝할 사이에 구리 동전 한 자루를 가지고 왔습니다.

"하하. 이렇게 신기할 수가!"

병사는 두 번째, 세 번째 개를 불러서 은화와 금화를 가져오게 하였습니다.

병사는 다시 부자가 되었습니다. 병사가 가난해지자 곁을 떠났던 사람들이 다시 모여들어 멋진 신사라고 떠받들며 이야기를 들려주었습니다.

사람들이 하는 얘기 중에는 공주 이야기가 많았습니다.

공주는 어디에 갇혀 있을까? 예쁜 공주를 왜 성

에 가두었을까? 공주는 얼마나 예쁠까?

병사는 공주가 보고 싶었습니다.

어느 날 밤 '어떻게 하면 공주님을 볼 수 있을까?' 하고 생각하던 병사는 무릎을 탁 쳤습니다. 부싯돌을 꺼내어 한 번 탁 쳤습니다. 그러자 왕방울 눈을 가진 개가 나타났습니다.

"공주님을 볼 수 있겠느냐?"

"잠시만 기다리십시오."

연기처럼 사라진 개는 잠시 후 잠든 공주를 등에 업고 나타났습니다.

"오, 공주님!"

공주의 모습은 정말 눈이 부시게 아름다웠습니다. 병사는 자기도 모르게 잠든 공주의 볼에 입을 맞추었습니다.

다음 날 아침, 공주는 아침밥을 먹으며 왕과 왕

비에게 말했습니다.

"어젯밤에 이상한 꿈을 꾸었어요. 개 등을 타고 어디론가 갔는데, 긴 칼을 찬 병사가 저의 뺨에 입을 맞추었어요."

"정말 희한한 꿈이구나."

왕비는 고개를 갸우뚱했습니다.

그날 밤, 왕비는 늙은 시녀에게 공주 방을 지키도록 했습니다. 공주가 이야기한 것이 꿈이 아니라 진짜일 수도 있다고 생각한 것입니다.

병사는 공주가 또 보고 싶었습니다. 그래서 부싯돌을 쳐서 개를 불러냈습니다.

"공주님이 보고 싶구나. 데려와 다오."

개는 성으로 달려가 공주를 업고 달렸습니다. 그것을 지켜보던 시녀가 있는 힘을 다해 개를 쫓아왔습니다. 개는 도시 한가운데의 커다란 집으로 사라졌습니다.

"옳지, 이 집이구나."

시녀는 분필로 커다란 집 대문에 십자(+) 표시를
해 놓았습니다.

하지만 왕방울눈의 개도 주인에게 충성스러웠
습니다. 십자 표시를 발견한 개가 다른 집 대문에
도 똑같은 표시를 해 놓았던 것입니다.

다음 날 아침, 왕과 왕비는 시녀와 병사들을 거
느리고 공주가 갔다는 집을 찾아 나섰습니다.

"대문에 십자 표시를 해 놓은 집입니다."

그러나 집집 대문마다 똑같은 표시가 되어 있어
찾을 수가 없었습니다.

그날 밤, 왕비는 꾀를 내었습니다. 비단으로 예
쁜 주머니를 만들어 공주의 옷에 매달았습니다.

주머니에는 메밀가루를 채워 넣고 아주 작은 구멍을 내었습니다.

병사는 또 공주가 보고 싶었습니다.

"공주님과 결혼할 수 있다면 얼마나 좋을까."

병사는 이번에도 개를 불러 공주를 데려오라고 했습니다. 개는 바람처럼 달려가 공주를 등에 업고 왔습니다. 그 길마다 비단 주머니에서 메밀가루가 뿌려졌습니다.

다음 날 아침, 왕과 왕비는 공주가 갔던 집을 알아내고 들이닥쳤습니다.

"저자를 끌고 가라."

병사는 컴컴한 감옥에 갇히는 신세가 되었습니다.

"히히, 불쌍하구나. 너는 내일 죽게 될 것이다."

감옥을 지키는 병사가 비웃었습니다.

다음 날, 도시의 광장은 아침부터 사람들로 북적거렸습니다. 공주에게 입맞춤한 멋진 신사가 처형당하는 것을 보기 위해 사람들이 몰려든 것입니다.

병사는 쇠창살이 쳐진 마차 너머로 군인들과 사람들이 바삐 오가는 것을 보았습니다.

"꼼짝없이 죽게 되었구나. 무슨 방법이 없을까. 부싯깃 통이 있었으면 좋았을 텐데. 왕이 갑자기 들이닥치는 바람에 미처 챙기질 못했네."

병사는 쇠창살 사이로 사람들 모습을 살펴보았습니다. 그때 슬리퍼를 신은 한 소년이 급히 뛰어

가다가 넘어졌습니다. 슬리퍼 한 짝이 쇠창살 앞에 떨어졌습니다. 병사는 이때다 싶어 얼른 소년을 불렀습니다.

"얘야, 내 부탁 좀 들어줄래?"

소년이 가까이 다가왔습니다.

"심부름 좀 해 다오. 여기 심부름 값이다."

병사는 소년에게 금화 한 닢을 던져 주었습니다. 소년의 눈이 반짝 빛났습니다. 병사는 부싯깃 통을 가져다 달라고 자세히 일러 주었습니다.

"급하다. 바람처럼 달려가서 가져와야 한다."

소년은 정말 바람처럼 달려가 부싯깃 통을 가져다주었습니다.

곧 북이 울렸습니다. 사람들이 함성을 질렀습니다. 병사는 높은 단상으로 끌려갔습니다.

그때 병사가 큰 소리로 왕을 향해 말했습니다.

"자애로우신 왕이시여, 죽기 전에 마지막으로 담배를 피우고 싶습니다. 소원을 들어주십시오."

왕은 마지못해 고개를 끄덕였습니다.

병사는 얼른 부싯돌을 꺼내어 한 번, 두 번, 세 번을 쳤습니다. 그러자 한순간에 세 마리의 개가 나타났습니다.

"개들아, 나를 구해 다오."

병사가 소리쳤습니다.

"컹컹, 으르릉."

세 마리 개는 주위에 있던 병사들을 공격했습니다. 그 기세가 얼마나 무섭고 사나운지 병사들은 물론 대신들도 도망치고 말았습니다. 왕과 왕비는 겁에 질려 벌벌 떨었습니다.

그때 사람들이 소리쳤습니다.

"우리의 왕이 되어 주십시오."

"공주님과 결혼해 주십시오."

사람들이 몰려와 병사를 왕이 타고 온 마차에 태웠습니다. 세 마리 개가 마차를 끌었습니다.

사람들이 함성을 지르고, 군인들도 경례를 하였습니다. 병사는 공주가 있는 성으로 갔습니다. 공주가 성에서 나와 병사를 맞이했습니다.

마침내 병사는 왕이 되고, 공주는 왕비가 되었습니다. 왕은 큰 잔치를 베풀었습니다. 세 마리의 개는 왕과 같은 식탁에 앉아 음식을 먹었습니다.

# 한스 크리스티안 안데르센
## (Hans Christian Andersen, 1903~1950)

안데르센은 1805년 덴마크의 코펜하겐 시 근처 오덴세에서 태어났습니다. 아버지는 가난한 구두 수선공이었는데, 문학을 좋아해서 어린 한스에게 『아라비안나이트』 같은 동화책을 자주 읽어 주었습니다.

11세 때 아버지가 병으로 죽게 되면서 집안이 기울어져 어머니가 남의 집 허드렛일을 하여 생계를 꾸려 갔으며, 한스는 학교 교육도 제대로 받지 못하였습니다. 감수성이 예민했지만 자신감이 없던 한스는 친구도 없는 외톨이로 책을 읽거나 공상하고, 혼자 인형 놀이를 하면서 지냈습니다.

14세에 왕립 극단이 오덴세에 왔을 때 처음으로 연극을 본 한스는 배우가 되기 위해서 코펜하겐으로 떠났습니다. 하지만 못생긴 그를 어느 극단도 받아들이지 않았습니다.

그러나 천성이 순하고 부지런한 한스를 돕겠다는 후원자가 나타나 그는 공부를 할 수 있게 되었고, 시를 써 책을 내고, 23세에 코펜하겐 대학에 들어가게 되었습니다.

1831년에 처음으로 독일 여행을 하게 되었는데, 그곳에서 이국의 풍물을 보고 훗날 많은 작품을 구상하게 되고, 유명 작가들과 사귀게 되었습니다. 이때의 경험을 '여행은 나의 학교'라고 말하며 그의 생애에 29회나 외국 여행을 하게 되는데, 그 기간이 34년이나 됩니다.

1835년 30세 때 『어린이를 위한 동화』를 발표하였는데, 이것이 바로 '동화의 아버지'가 탄생하는 첫 시작이었습니다. 이후 안데르센이 발표한 동화는 150여 편이 됩니다. 그의 작품은 동심을 담은 순수함과 고달픈 현실을 반영한 시민정신, 기지와 유머로 흥미를 돋우어 어린이들이 좋아하는 건강하고 살아 있는 작품이라는 평가를 받습니다.

1875년 8월 4일, 70세로 세상을 떠나자 국장으로 장례를 치렀으며, 세계 각국에서 황태자와 외교 사절들, 남녀노소 구별 없이 많은 계층의 사람들이 참배하였습니다.

## 팡세 미니

젊은 문학을 새롭게 이끄는 소설가 천선란이
작품별 추천사를 덧붙여 명작 읽기의 르네상스를
제안합니다. 누구나 곁에 두고 평생 읽을 수 있도록
원작을 쉽고 편안하게 다듬어 엮었습니다.

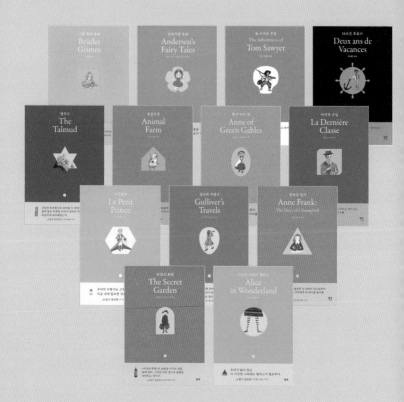